魔王令嬢の教育係

勇者学院を追放された
平民教師は魔王の娘たちの
家庭教師となる

1

新人
jin Arata

魔王令嬢の教育係

CONTENT

プロローグ

魔王令嬢の教育係

どこか懐かしさを感じる四角い部屋。

四辺ある壁の一面、その半分以上を占める大きな黒板。

綺麗な格子状に並べられた木造の机と椅子。

教室、それはどこからどう見てもそうとしか呼べない一室だ。

そして、その中央の辺りに、まるで俺を待っていたかのように五人の少女たちが横一列になって着席している。

「こちらが主のご息女方。貴方の新しい生徒となる方々です」

ここまで案内をしてくれたメイド服の女性が、手でその五人のほうを指し示しながら、既にそれが決定したことであるかのように言った。

少女たちは無言で俺のことをじっと見つめている。

値踏みするように、侮蔑するように、退屈そうに、期待するように、そして興味深そうに……。

五人がそれぞれ異なった感情の色をその瞳に浮かべながら。

「この子たちが……」

この部屋の扉をくぐった時、あらゆる覚悟はすませたつもりだった。

つもりだったが、これは流石に想定外にも程がある。

人間にはありえない特徴を持つその五人の少女を前にして、俺はただ呆然とその姿を眺めることしかできなかった。

一章

——一週間前。

ちょうど日が沈む時間帯に、俺の今後に関する重大な話があると言われて学院長室へと呼び出された。

「フレイくん、君は明日から来なくていい」

書類が山積みになった大きな机。

それを挟んで向かい側に座っている立派な白いひげを生やした老人が、入室するや否や俺に向かってそう言った。

「は……？　学院長……おっしゃっている意味がよく……」

「ふむ……。では、簡潔に言わせてもらおうか、君は『クビ』ということじゃ」

「……クビ？」

「そう、クビじゃ」

学院長はそう言うと、まるでそれはもう疾《と》うの昔に終わった話であると言わんばかりに手元にある書類の処理を再開し始めた。

なるほど、俺はクビだから明日から来なくていいと……。

クビ……。クビ!?

「ク、クビ!?　俺が!?　なぜ!?」

「なぜ？　それは自分が一番よく分かっておるのではないかね？」

学院長は手元では書類を処理しながら、冷たい口調でそう言ってくる。

一瞬だけ見えた分厚い眼鏡の裏側に隠れたその目には、口調よりも更に冷たい侮蔑の色が浮かんでいたように見えた。

「さっぱりです！　皆目見当もつきません！」

三年程度の教員生活を回想してみても、いきなりクビになるようなことには全く心当たりがない。

声を荒げて反論する俺に対して、学院長は大きく息を吐いた。

そして、やれやれと言いたげな表情をその顔に浮かべながら再び口を開いた。

「複数の女子生徒から、君から不適切な指導を受けたと告発があった」

「ふ、不適切な指導⁉」

女子生徒への不適切な指導、言葉の響きからそれが巷でよく耳にする性的な嫌がらせのようなものを指していることは分かった。

しかし、改めてその内容を聞かされたところで、当然そんなことをした覚えは毛一本ほどもない。

「そうじゃ、被害にあっておらぬ他の生徒たちからも複数の証言が出ておる」

「どの生徒たちですか⁉　俺はそんなことは断じて――」

「言えるわけがなかろう。わしが守るべきは君ではなく生徒たちじゃ。それに君に抗弁の権利は与えられておらん」

俺の抗議にかぶせるようにして、大きくはないがはっきりとした声で学院長がそう告げてくる。

突き放すようなその口調からは、俺はもうこの人にとっては守るべき部下ではないということが嫌というほどに伝わってくる。

いや、もしかしたら最初から俺はこの学院にとっての厄介者だったのかもしれない。

「こ、抗弁の権利すら……？」

「そうじゃ、これは理事会及び教員会の全会一致で決定したことじゃ。大人しく受け入れるんじゃな」

そう言って、少しズレたメガネを持ち上げながら、学院長は俺の前へと一枚の書類を差し出した。

そこには言葉通りに、理事会と教員会の満場一致で俺、フレイ・ガーネットからこの学院における教員資格を剥奪することが決定された旨が書かれている。

「そんなこと……」

更に深い絶望感に包まれる。

休日にいきなり学院長に呼び出された時から剣呑な空気を感じてはいたが、まさかここまでの事態になることは想像もしていなかった。

十年以上、文字通り血反吐を吐くような思いをして積み上げてきたものが、全て瓦解していくような音が頭の中で響く。

「フレイくん、ここはどこだね？」

「え？」

「ここはどこかと聞いておるのじゃ」

学院長が今度は俺の方を真っ直ぐに見て、そう尋ねてきた。

「王立……ルクス武術魔法学院です……」

それで何か事態が好転するなどと考えたわけではなかったが、これまで培われてきた上下関係による条件反射で答えてしまう。

「そうじゃ。して、その理念は？」

「若者の中から次代を担う英雄たる器を持つ者を見出し、それを正しく導くことです……」

「うむ、そうじゃ。故にこの学院には国内有数の名家の者を中心に、将来有望な者が多く通っておるのは知っての通りじゃな？」

「……はい」

救国の英雄とされている、勇者ルクスの名を冠した学院。

通称『勇者学院』。

設立からはまだ十年ほどと歴史は浅いが、その名称にある武術魔法以外の部門においても優秀な人材が教員として集められており、名実共に国内で最も高いレベルの教育を行う学府として知られている。

生徒には国内有数の名家を中心に、何らかの技能において類まれなる才能を有した若者が集い、卒業生の多くが国や軍の要職に就いている。

「故にもし君が無実であったとしても、このようなことになった時点で我が校としてはそう決断せざるをえないのじゃ」

「……それは、俺が平民の出だからですか……？」

「……フレイくん、これ以上続けても互いにとって無意味じゃ。わしも衛兵までは呼びとうないぞ？」

質問に答えることなく、ただ一方的に突き放すような最後通告を口にした学院長に対して俺はもうそれ以上言葉を紡ぐことはできなかった。

そして、そのまま無言でその部屋を後にした。

〝

途方も無い絶望感に包まれながら学院の廊下を歩く。

何もやっていないのにクビだって？

ありえない。俺にはまだやるべきことがある。だから、こんなところでやめるわけにはいかないというのに……。

まだ現実に起こった出来事を受け入れられない。

そんな俺の心情を表しているのか、学校とはとても思えない高級な装飾品の数々に彩られ、いつもは輝いて見える廊下も今は妙にくすんで見える。

私物の回収に教員室に寄ろうかと考えたが、全会一致で俺のクビに賛同した奴らとは顔も合わせたくない。

どうせ大した物は置いていないし、いっそ捨ててもらった方が清々する。

そう考えながら歩いている俺の真後ろには、妙な気を起こさないか監視するためか、二人の衛兵がついている。

昨日までは先生だったのが、今や犯罪者予備軍扱いだ。

いや、もしかしたら公に事件化しなかっただけで内々では本当に犯罪者として扱われているのかもしれない。

失意の中、学院の外へと向かって歩を進めていると、あまりのことにこれまでは考えつかなかった一つの答えにたどり着いてしまう。

誰かが仕組んだのではないか。

どれだけ思い返しても学院長が言った不適切な指導とやらに関する記憶がない俺にはそう結論づけるしかない。

この学院に集められている人材のほぼ全員が貴族か、あるいはその息のかかった奴らだ。

下賤の人間だと平民を見下している貴族によって支配されているこの学院において、平民の出である俺が目障りだと思う人間はいくらでもいるはず。

その中の誰かが、俺を陥れるために事実無根の罪をでっち上げたと考えるのが最も自然だ。

全会一致で俺の追放が決まったことからも分かるように、表面上だけは上手く付き合っていた連中ですら今となっては裏で何を考えていたのか分からない。

しかし、それも既に終わったこと。これ以上考えても益はない。

奴らからすれば賤しい出自の俺が何らかの証拠を掴んで、それを理事会に突き出したとしても、すぐにもみ消されるだけで判断が覆ることはないだろう。

頭に浮かんだ嫌な考えを振り払いながら廊下を歩いていると、つきあたりの陰に人の気配があるのを感じた。

一つ、いや二つのその気配は自分たちの存在を隠そうともせず、更に近づくとその二つの影の正体はすぐに露わになった。

「アリウス……」

二人の内、一人は同僚……。いや元同僚のアリウス・フォードだった。

この学院においては俺とは対極の存在。

古くからある名家の出身で、それを鼻にかけまくる嫌味な男だ。

そして、ある事件をきっかけに、俺に対しての悪感情を隠そうともしなくなったこいつはまさに、俺のことを目障りだと思っている貴族の筆頭でもある。

「嗚呼……フレイか。話は聞いたよ。平民の出でありながら、努力を積み重ねてこの地位まで上り詰めた君のことを私は尊敬していたというのに……まさか生徒に手を出すなんて……。残念だ。実に残念だ！」

図ったようなタイミングで現れたそいつは、いつもと全く変わらないキザったらしい所作でその髪を掻き上げる。

そして、間違いなく微塵も心に無いであろう言葉を口にした。

「先生ぇ……。私、怖いですぅ……。この人がまさか、指導と称してあんなことをしてくる人だったなんて……」

続けてもう片方、元教え子の一人であったマイア・ジャーヴィスがそう言った。

アリウスと同じく名家の出身で、平民の出である俺に対してはいつも不遜な態度を取っていたその女子生徒は、わざとらしく身体を震わせながら隣にいるアリウスにその身を寄せている。

だが紫色の長い髪の毛を指先で弄りながら、その言葉とは裏腹に口元が嘲るように僅かに歪んだのを俺は見逃さなかった。

「大丈夫、心配いらないさ。私がいる限りは君にはもう指一本だって触れさせやしない」

「お前ら、休日のこんな時間に何をしてるんだ……？」

休日、それも日の沈んだこの時間帯に教師であるアリウスはともかく、生徒であるマイアが学院内にいるのは明らかに不自然だ。

一度抑え込んだ疑念が再びふつふつとこみ上げてくる。

「部外者の君にはもう関係のないことだ。分かったならさっさと消えたまえ」

「そうですわよ。へ・い・み・ん・さん」

しっしと追い出すような所作を俺へと向けるアリウス。

そして、その身体にほとんど抱きつくような体勢でくすくすとあざ笑っているマイア。

「なるほど、お前らか……」

疑惑はほぼ確信へと変わった。

ここまであからさまだと怒りを通り越して清々しさまである。

こいつらも俺が何を言ったところで俺のクビが覆ることはないのを理解しているのか、隠す気はさらさらないようだ。

このタイミングに、この場所で会ったのは偶然でも何でもない。

こいつらは俺の落ちぶれた姿を見て、勝ち誇るために待っていたということだろう。

「おお、怖い怖い」

「きゃ～、せんせ～。私こわ～い」

わざとらしい口調でそう言いながら、マイアがアリウスへ更に強く抱きついている。

「この不埒者が！　私の可愛い生徒に手を出すような真似は許さないぞ！」

「先生かっこいいー！　やっちゃぇー！」

反吐が出そうな三文芝居だ。

こいつらの方がよっぽど不適切な関係を匂わせている。

「……ぷっ、あっはっはっは！」

マイアを守るように立っているアリウスの姿を見て、俺は以前の出来事を思い出して盛大に吹き出してしまう。

「な、何がおかしい!?」

俺が急に笑い出したことに困惑したのか、アリウスは狼狽えながら食ってかかってくる。

「いや……お前程度に守れるのかって思ってな。前みたいに『可愛い生徒』の前で無様な姿を晒すだけにならないかってな」

クビがくつがえらないのなら、もうこんな嫌味を我慢することもない。

「き、貴様ぁ……！　平民の分際でフォード家の次男たる私を愚弄する気か!?　あ、あの時は少し調子が悪かっただけだ！　決してお前に後れを取ったとかそういうわけではない！」

アリウスは血が滲みそうなほどに下唇を噛み締めながら、悔しそうな表情で睨みつけてくる。

どうやらあの出来事はこいつにとっても思い出深いことだったらしい。

あれは確か……、生徒たちが実技訓練に入る前に、俺とこいつが手本として模擬戦を行った時だった。

本来なら生徒たちに分かりやすいように、互いに手を抜きながら実演するはずだった。

だが、何を思ったのかこいつは本気で俺を攻撃してきた。

当時はただ困惑するばかりだったが、今思えば平民上がりにも拘らず同じ立場にいる俺が疎ましかったんだろうということがよく分かる。

しかし、立場は同じだったがその実力差に大きな差があることまでには気がついていなかったらしい。

本気で向かってくるこいつに対して俺も手加減ができずに対処した結果。

俺はこいつを完膚なきまでに叩きのめしてしまい、こいつはまるで馬車に轢かれたカエルのような無様な姿を生徒たちに晒した。

この反応を見るに、もしかしたらあれを今の今まで引きずり続けた結果がこの状況なのかもしれない。

「なるほどな……。あの時負けてやれば良かったってことか」

そうしていれば、今こうなることもなかったのかもしれない。

いや、目の前にいる男の矮小さを考えればいずれは同じ結果になっていたか……。

それに今、現実としてこうなっている以上はあの時ああしていれば良かったなんて考えるのは無意味だ。

「はっ！　その減らず口も今日までよ！　貴様は今この時点をもってただの平民へと逆戻り！　最後に勝ったのはこの私ということだ！」

最早自分が仕組んだことであるのは隠そうともせずに、声を震えさせながらアリウスは高らかにそう宣言した。

「ああ、そうだな……」

こればかりは悔しいがその通りだ。

今まで俺が積み上げてきた物はこいつらの謀略によってあっさりと崩れ去った。

仮に俺がそのことを予期して動いていたとしても結果は変わらなかったはずだ。

この国において大貴族と平民の間にはそれほどに大きな力の差がある。

「分かったならさっさと出ていくがいい！　ここは貴様のような賤しい生まれの者がいて良い場所ではない！」

アリウスはまだ震える声でそう言いながら、大きく手を振り上げてから出口のある方向を指差した。

「そうそう、貴方みたいな貧乏臭い方にうろつかれると私たちの品位まで疑われてしまいますわ。そもそもあの子といい、平民がこの学院にいることは何かの間違いなのですわよ」

「その通りだ！　さぁ出ていけ！　この敗北者が！」

そう言ったアリウスを強く睨みつけると、奴はその身体をビクっと震わせた。

「なっ……なんだ、その反抗的な目は……。や、やるならいつでも……あ、相手になってやるぞ……」

威勢の良い言葉とは裏腹に、アリウスの手は小刻みに震えている。

あの時に刻みつけた実力差は、どうやらまだ身に染みているらしい。

しかし、ここでこいつをぶっ倒したところで俺の気分が晴れるだけだ。その結果として監獄送りにでもなれば今度こそ二度と立ち直れない本当の詰みになる。

「いや、遠慮しとく……じゃあな」

二人に背を向けて、再び出口へと向かって歩を進める。

そして、首謀者たちの勝ち誇ったような嘲笑を背中に受けながら、もう二度と俺のことを歓迎することはない正門から学院の外へと出ていった。

〝

学院の正門から外に出ると、日は完全に落ち切り、完全な夜になっていた。

正門のすぐ近くにある厩舎には、昨日まではよく利用していた馬車が停まっているが、今や部外者となった俺にはそんな送迎が当然あるわけもない。

まるで今の心境を表しているような肌寒さを感じながら、自宅へと向かって足を動かそうとしたその時――

「先生！　先生！　待ってください！」

背後から俺の名前を必死に呼ぶ声が聞こえた。

その方向へと振り返ると、教え子の一人で、最も目をかけていた生徒だったリリィ・ハーシェルがこちらへと向かって走ってきているのが目に入る。

「リリィか……どうしたんだ？」

目の前までやってきた彼女に声をかける。

「はぁ……はぁ……ど、どうしたじゃ……ないです……。せ、先生が……学校からいなくなるって……聞いて……」

リリィの口から発せられたのは、俺ですらさっき知ったことだった。

この子がどういう経緯でそれを知ったのかは定かでないが、それを聞いて寮から走ってきたようだ。

学外にある寮からここまでの距離は遠くはないが、かと言って近いというほどでもない。

その道のりを全速力で駆けてきたのか、自慢の長く綺麗な金髪は大きく乱れ、息も絶え絶えになってしまっている。

「ああ、その宣告をたった今受けてきたところだ。情報が早いな」

「本当……なんですか？」

呼吸を整えて顔を上げた彼女と目が合う。

教師と生徒という立場でなければ思わず見惚れてしまいそうな整った顔立ち、そこにある青い瞳には涙が滲んでいる。

「ああ、本当らしい」

「らしいって……なんでそんな他人事みたいに……」

「んー……それは俺にも全く身に覚えのないことが原因だからかな。信じられるか？　俺が女子生徒に不適切な指導をしたんだとよ」

「そんな……、先生は無実なんですよね!?」

「ああ、誰も信じてはくれなかったけどな……。これが平民上がりの辛いところだな」

「だったら！　私が抗議してきます！」

「おい、待て」

そう言うや否や、考えなしに学院の中へと向かって走り出そうとしたリリィを制止する。

「どうして止めるんですか!?」

「……もうどうにもならないからだ。理事会と教員会の全員が俺の追放に賛成したらしいからな。生徒一人の抗議でどうにかなる話じゃない」

「でも……！」

「でもじゃない。そんなことをして、お前の立場まで悪くなったらどうする。ここまで頑張ってきたのは何のためだ？　これまでやってきた俺の指導を無駄にするつもりか？」

俺と同じ平民であるこの子が、不祥事を起こして追放された平民の教師を庇った。そんな話が広まればどうなるのかは火を見るよりも明らかだ。

ただでさえこの子は目立つのだから、これ以上妙な重荷を背負わせるわけにはいかない。

「でも、先生がいなくなるなんて……私……」

リリィは遂に感情が堪えきれなくなったのか、その丸々とした目からぽろぽろと大粒の涙を零し始める。

ここまで思ってくれるのは教師冥利に尽きるが、教え子が無意味に自分を犠牲にしようとしているのは止めなければならないのもまた教師の仕事だ。

「リリィ……、俺が教えてきたことはちゃんと覚えてるよな？」

頭に手を置いて、その柔らかい髪の毛をぽんぽんと軽く撫でながらそう言ってやる。

「はいっ……全部覚えてます……。私の……ぐすっ、半分は……先生で出来ています……」

涙ぐみながら返事をするリリィを見て、彼女が入学してきた時のことを思い出す。

入学してくる者のほとんどが貴族である中、特例枠で入学してきた平民のこの子は当時はまともな指導すら受けられずによく一人で泣いていた。

そんなリリィから底知れない才能と希望を見出し、周りから贔屓と言われかねないほどの指導を行った。

それからおよそ二年間、今では名家の出である生徒たちからも一目置かれる存在まで育て上げたのは間違いなく自分だという自負がある。

妙に勘違いされそうな言い回しだが、彼女の半分が俺で出来ているというのもあながち間違ってはいない。

「それなら大丈夫だ。俺の言ったことをずっと守っていれば、お前はもっと高いところまで登れる」

この子の才能はこんなところで収まっているような器ではない。この子がかつて語ってくれた夢のような目標も成し遂げられるほどの大きさを持っている。

それを今、俺のために捨てるようなことはありえない。

「でも……先生がいないと私……」

「それも大丈夫だ。お前が俺の教えたことを守っていれば、また必ず会える」

「必ず……。本当ですか？」

「ああ、俺が嘘をついたことがあったか？」

「……割とあります」

リリィは数秒ほど、顔を伏せて考え込むような仕草をしたかと思えば、きっぱりとそう言い切った。

「……おかしいな。そうだったか……？」

「はい、この前だって――」

そして、昔話に花を咲かせながら互いに笑い合う。

この子の成長が見守れなくなるのは心残りだ。

しかし、互いに折れなければ、いずれまた道は交わるはずだ。

「さて……と、そろそろ戻らないとまずいんじゃないか？」

「……はい」

この時間に終わりが来ようとしているのが分かっているのか、リリィの顔が再び若干曇った。

正確な時刻は分からないが、そろそろ寮の門限が迫ってきているはずだ。

早く戻らないといくら優等生のリリィであっても懲罰を受けることになる。

クビになったとはいえ、心持ちはまだ教師のままだ。生徒が規律を破ることを良しとするわけにはいかない。

「ほら……これを持ってろ」

「これは……？」

リリィが涙を拭いながら、俺の差し出したそれを受け取る。

それはどこにでもあるような白い花を模した普通の髪飾り。

誕生日が近いと聞いていたので、ひそかに準備をしていた物だ。

教師と生徒という立場でそれを渡せば妙な疑念を生みかねないかと悩んでいたが、今となってはそれも無駄な悩みになった。

なんせ俺はもう教師ではない。

「一足早いが俺からの誕生日プレゼントだ」

「プレゼント……」

「こんなものを買ったのは初めてだからセンスは保証しないけどな」

「髪飾り……ですよね？　つけてみてもいいですか？」

「ああ」

そう言ってやると、リリィはまだ乱れたままだった長い金髪を手櫛で少し整えてから、髪飾りをつける。

「どう……ですか？」

そして、照れくさそうに少しはにかみながら俺に感想を求めてくる。

「なかなか似合ってるぞ。うん、俺のセンスも捨てたもんじゃないな」

「なんですか、それ」

リリィは口に手を当てて、上品にくすくすと笑みを零している。

「先生……、本当にまた……会えますよね？」

「ああ、当然だろ。それで、その時にはお前がめちゃくちゃ偉くなってて俺のことを雇ってくれると助かるな」

そんな冗談を口にすると、リリィは再びくすくすと笑い出す。

「それじゃあ今度会う時は先生とは比べ物にならないくらいす〜っごく偉くなってますね。それで先生のことをお茶汲みとして雇ってさしあげます」

笑顔から溢れる涙を拭いながら、リリィがそう言った。

「お茶汲みか……それは教師と比べて気苦労が少なくて済みそうだな。悪くない」

「はい、約束します」

「ああ、頼んだぞ。それじゃあ……またな」

そう言って、俺は背中を向ける。

「はい……。どうか、お元気で……」

背後からリリィの震える声が聞こえてくるが、そのまま振り返らずに歩を進めた。

〝

学院をクビになってから数日、当然ではあるが生活は一変した。

その中でも特に堪えたのは街の人たちの変化だ。

俺が学内で女子生徒に対する性的な嫌がらせを起こしてクビになったことは瞬く間に広がり、平民の星として扱われていたこれまでとは一転して、迫害の対象となった。

土地のほとんどが学院関連の施設であるこの街では、ほとんどの住人がその教員や生徒たちを相手に商いをしている。

つまり、いくら平民同士であるとはいえ、大切なお客様に粗相を働いた人間を許すことはできないということだろう。

街をただ歩いているだけで白い目で見られ、ひどい時には『お前に売るもんなんて何もない！』『さっさと死んじまえ！』『人間のクズ』などと、思い返すのも嫌になるほどの暴言を吐かれることもあった。

攻撃しても良い対象を見つけた時、人が変わるということは身に沁みていたが、それでもまたそれを目の当たりにするとやはり堪える。しかも、これまでは優しく接していてくれた市井の人たちからの攻撃であれば尚更だ。

この調子では、すぐに買い物さえままならない状況になるだろう。

そうなる前に、この街からも出ていかないとな……。

どこのどいつが話を外に漏らしたのかは火を見るよりも明らか、クビという目標を達成した後もまだ満足してはいないようだ。

武術に関してはあのザマだったが、嫌がらせに関しては中々の才能を発揮してやがる。

おかげでもうこの街に俺の居場所はない。

そんなことを考えながら、貯蔵してあった僅かな干し肉を齧る。

大した味付けもされていない安物の保存食だが、今の俺には分相応な食事だなと心の中で自虐しながら溜まっていた郵便物の束を捲っていく。

そのほとんどが少し前までは勇者学院の教員だったフレイ・ガーネットに宛てられた物で、無職である今の俺に宛てられた物はないに等しい。

一応封を開いて、今の俺には関係がないことを改めて確認してから全て処分していく。

嫌なことを考えすぎないようにするために、そんな無為な作業を続けている中でふとその中に一つの妙な封筒を見つける。

「送り主の名前が無いな……」

そのシンプルな封筒には、他の物と違って送り主に関わる情報はどこにも書かれていない。

にも拘らず宛名だけはやけに丁寧で綺麗な文字で書かれているのが更に怪しさを増大させている。

ほんの少しの緊張感とともに、ゆっくりと封筒を開く。

すると、中から一枚だけの真っ白な便箋が出てきた。

折りたたまれてすらいない、一枚の小さな便箋。

何の飾り気もないそれは、もはやただの紙と言っていいほどの物だ。

そして、その便箋には宛名と同じ丁寧で綺麗な文字で短く日時と場所だけが記載されていた。

「なんだこりゃ……」

その怪しさに思わず困惑の声が漏れ出る。

便箋をひっくり返して、隅々まで確認してもそれ以外は何も書かれていない。

何かの暗号にも思えないし、魔力が込められているわけでもない。

書いてある文字にもう一度目を通す。

そこに書かれている日時は今日の深夜、そして場所は街の外にある森の中を指定している。

「馬鹿らしい……」

それを封筒と纏めて、それまでに処分した物が積み重なった山へと向かって放り投げる。

大方これもあいつらの嫌がらせの一環だろう。

好奇心に釣られて行ったところに一体何が待っているのか分かったもんじゃない。

最後に残った一欠片の干し肉を口内に放って、ベッドに横になる。

横になって、ただぼーっとしていると様々な想いが頭を駆け巡る。

リリィは大丈夫だろうか。俺に目をかけられていたということで、妙な嫌疑をかけられていないとない。

いいが……。

いくら才能があるとは言え、彼女も平民の出だ。俺と同じようにいつ足元を掬われてもおかしくはない。

もしそうなってしまえば悔やんでも悔やみきれないが、今の俺にできることは彼女が自分を律して平穏無事に学院での生活を過ごしてくれることを祈るしかない。

「父さん……母さん……ナル……。俺はまだ諦めてないから……」

いつも心の中で支えてくれている今は亡き三人に向かって話しかける。

返事はないが、そうすることで少しだけ心が軽くなる。

明日、ここを発とう。

まだどこに行くかも決まっていないが、ここで足踏みをしているよりはましなはずだ。

俺の進んでいる道が最初から苦難に満ちていることは分かっていた。だから、この程度で折れるわけにはいかない。

そう決意して目を閉じようとした時、視界の端にあの封筒がちらりと映った。

" "

俺も大概馬鹿だな……。

自虐しながらランタンを手に深夜の森を歩く。

生い茂った木々で星の光さえ届かない森の中、手紙に書いてあった地図だけを頼りにただひたすら目的地へと向かって進む。

正直、自分でもなぜこんな怪しい手紙を真に受けてしまったのか今も悔やんでいる。

しかし、無性に気になってしまったらもうどうしようもない。昔からこの好奇心というやつだけは抑えつけられた試しがない。

目的地に向かって更に歩を進めていると、時折これまで聞いたこともない獣の鳴き声が森の中に響き渡る。この辺りに魔獣の類が出没するという話は聞いたことはないが、一応気をつけておいた方がいいかもしれない。

腰元を確認すると、父親から受け継いだ唯一の形見である一振りの剣が差してあるのが目に入る。

これを使わないに越したことはないが、最悪の可能性として魔獣だけでなく、俺がまだ生きていることすら我慢できなくなったアリウスとその子分共による闇討ちの可能性までは念頭に置いてある。

あいつら程度なら十人ほどが不意にまとめてかかってきても対処はできるはずだ。

「この辺りだよな……」

持っているコンパスが狂っていないなら、歩いた時間から計算してこの辺りが目的地のはずだ。

歩く速度を落としながら周囲を見渡すと、少し離れた木々の隙間、その奥に何かあるのが見えた。

「小屋……？」

更に近づくと、そこだけ木々が避けているかのような開けた場所に、木造の小屋があった。

それを見て、ここが手紙に書いてある場所であることを直感的に理解した。

あの手紙が発していた強烈な存在感と同じように、月と星々の明かりに照らされている小屋の入り口が俺を誘っているようにも見える。

警戒しながら、ゆっくりと小屋へと近づく。

まだ建てられてから間もないのか、近くで見てもその外壁は綺麗なものだった。

入口の扉へと手をかけて力を込める。

木が少し軋むような鈍い音を立てながら、扉がゆっくりと開いていく。

何が起こっても良いように、もう片方の手で剣の柄を握りながら、小屋の中へと足を踏み入れた直後——

「お待ちしておりました」

その奥、真っ暗闇の中から小さな、しかしはっきりとした声が聞こえた。

それは初めて聞く女性の声。

「誰だ？　あの妙な手紙を寄越したのはあんたか？」

柄に手を添えたまま、暗闇へと向かって話しかける。

不気味な出来事ではあるが、警戒していたおかげなのか、動揺はほとんどない。

「はい、その通りです」

声の主がはっきりと答えた。

木材の軋む嫌な音が鳴り、暗闇の中から声の主が俺のほうへと向かってゆっくりと歩み出てくる。

それに合わせて、ランタンを少し高めの位置に掲げると、その全身が明かりの下へと曝け出された。

声質の通り、それは一人の女性だった。

最初に目に入ったのは、まるで雪のように真っ白な髪の毛。

肩ほどまである長さのそれは、ランタンから発せられている緋色の光を反射して、まるで自ら輝いているかのような錯覚を起こさせてくるほどに妖しげな魅力を放っている。

次にその特徴的な出で立ち。

端的に言えば、どこぞのお屋敷に勤めているような古風なメイド。

しかし、そのよくあるような格好も、森の奥深くにある妙な小屋という場所と合わさって、この女性の異質さを更に際立たせている。

「何者だ？」

女性は次の言葉を待つように、じっと俺の顔を見つめている。

まるで神の手によって造られた人形のように整った無表情な顔立ち。

その瞳の中ではゆらゆらと灯火が揺れている。

「ロゼ、と申します。以後お見知り置きを」

女は機械仕掛けの人形のように上品にお辞儀をしながらそう名乗った。

その動きに合わせて、ほのかに香水のような甘い香りがその身体から漂ってくる。

「何の用だ？　アリウスの差し金か？」

続けて質問をしながらも、まだ警戒は解かない。

小屋の外は完全な暗闇、いつどこから何が襲ってきてもおかしくはない。

明かりを持つ手と、剣柄を握る手の両方に力を込める。

「いえ、今宵はフレイ様にお仕事のご依頼に参りました」

「……は？　……仕事？」

「はい」

そう言ったロゼの表情は、相変わらず口元以外はピクりとも動かない。

「……何かの冗談か？」

こんなところに呼び出して仕事の依頼だなんて話は聞いたことがない。

もし、あるとしても危ないブツの配達とか、暗殺の依頼とかそういう碌でもない話に違いないが、
当然俺はそんなことを依頼されるような立場にはいないはずだ。

「いいえ」

ロゼは表情を変えずに短くそう言った。

怪しむなというほうが無理な状況ではあるが、その小さな唇から出てくる言葉には何故か嘘がないように思えてしまう。

「……それなら、その仕事の内容は何なんだ？」

信用したわけではない。

ただ、それでも心の中で肥大化していく好奇心を抑えつけることができない。

「家庭教師です」

「家庭教師!?」

予想していた仕事とは全く違う言葉が出てきたせいで、思わず間の抜けた大きな声を出してしまった。

ロゼは特に動じる様子も見せずに、更に続ける。

「我が主のご息女、その先生になってもらうために、あのお手紙を送らせていただきました」

ご息女？　どこかの貴族のご令嬢か？

いや、それなら不祥事で学院をクビになった俺にこんな話を持ちかけてくるわけがない。

なら他国の、いやそれとも――

どれだけ頭を働かせても、今の俺に対して教育に携わる仕事を持ちかけてくる者の正体は思い浮かばない。

それを知っているのは目の前にいるこの人形のような女だけだ。

「俺が学院をクビになったことは知ってるのか？」

「はい、存じています。それが、同僚の謀によるものであることも」

「――！」

ロゼの口から不意に出てきた言葉を聞いて絶句する。

俺がクビになったことを知っているのはまだ分かる。

しかし、その原因がアリウスたちによる謀略であることを知っているのは俺と張本人のあいつらを含む数人くらいだ。

目の前にいるどこの馬の骨ともしれない女がその仔細を知っているのは普通であればありえない。

「お前……何者なんだ？」

考えられるのはアリウスの手下であるという可能性だけだが、それがこんなにあっさりとネタを明かすことも考えづらい。

「ロゼ、と申します。以後お見知り置きを」

最初に質問した時と全く同じ答えが返ってくる。

こいつ、ふざけているのか？　それとも本当に特定の受け答えしかできない人形なのか？

「お前の主は何者なんだ？」

ならばと、今度は質問を変える。

「それはこの場ではお答えできかねます」

淡々と、そして丁寧に、初めて回答が拒否される。

「この場では？」

「はい」

「それじゃあどうすれば教えてもらえるんだ？」

「今、この場で私がフレイ様に提示できるのはただ二つの選択肢のみになります」

ロゼはそう言いながら、ゆっくりと俺の左斜め前の場所へと移動していく。

「一つは、このままそちらの扉から小屋を出て、今宵あった出来事は狐につままれたと思って元の生活に戻る選択」

そして、侍女が屋敷を案内するような所作で右手を俺の背後、つまりは小屋の出口へと向けた。

「もう一つは？」

「もう一つは……こちらの、奥の扉を通って外へと出ることです」

続けてロゼは、左手を先刻まで自分が立っていた場所の奥へと向けた。

その顔は相変わらず無表情だが、ほんの極々僅かだけ妖しげな微笑を浮かべているようにも見える。

「奥の扉……」

ロゼの手が指し示す方向へと目を向けると、暗闇の向こう側に入口にあった物と同じ扉があるのがぼんやりと見えた。

「あそこから出るだけでいいのか？」

「はい」

「出ればお前が何者かも、何が目的なのかも白状するってことだな？」

「はい」

短く答えるロゼの顔からは既に先ほどの僅かな微笑は消え失せている。

奥の扉へと向かって、ゆっくりと一歩踏み出す。

木で出来た床から、軋むような鈍い音が小屋の中に鳴り響く。

「お持ちいたします」

ロゼがそう言って、俺に向かってその白く綺麗な手を差し出してくる。

「え？　あっ、ああ……」

一瞬遅れて、俺が手に持っているランタンのことを言っているのだと気がつく。

まるで俺がもうどちらの扉を選ぶのか、心の中まで見透かされているような気持ちになる。

ロゼにランタンを差し出すと、彼女はゆったりとした上品な所作でそれを受け取る。

一瞬だけ、彼女の手と俺の手が触れ合う。

人形のような見た目から受ける印象とは正反対に柔らかく温かった。

「どうされましたか？」

「い、いや……なんでもない……」

女性の手に触れて感慨に耽っていたなんてことは言えるわけもなく、適当に誤魔化して再び奥の扉へと向き直る。

状況こそ不可思議だが、これはどう見ても普通の扉だ。

どちらの扉から出るなんてのはただ二択を分かりやすくしただけで外はただの森だ。

出てから話を聞いて、納得がいかなければ帰ればいい。それだけのことだ。

そんな考えとは裏腹に、剣の柄を握る手の中にじわりと嫌な汗が浮かんでくる。

更に一歩、もう一歩と扉に近づいていく。どれだけ近づいても扉はただの扉だ。

近くにある小窓からは外にある森も微かに見えている。

大きく深呼吸をして、扉に手をかける。

そして、それを一気に押し開く。

次に感じたのは、鼻を刺すような強烈な花の香りだった。

「なっ……!?」

そして、遅れて一気に視界に広がったのは漠々たる庭園だった。

木や低木の茂みに咲く色とりどりの花々。

月光を反射して、怪しげに輝く葉に垂れた雫。

曲がりくねった石畳の小道。

どこかに小川か噴水でもあるのか、絶え間なく流れる水の音も聞こえる。

そして、その更に奥にはまるで城と見紛うようなほどに大きな屋敷が鎮座している。

先ほどまでいたはずの、あの暗闇に包まれて獣の声が鳴り響く森の姿はどこにもない。

慌てて後ろを振り返る。

そこにあの木造小屋はなく、俺の渡したランタンを持ったロゼだけが何事もなかったかのように直立している。

「何をした!?」

考える前に即座に剣を抜いて、ロゼの眼前にそれを突きつける。

尋ねはしたが、それが魔法による転移であるのは明らかだ。

しかしロゼが呪文を詠唱したような気配は無かった。ということは扉か、小屋自体に術式が仕込まれていたと考えるべきだろう。

眼前に剣先を突きつけられても、ロゼは相変わらずその表情筋をピクりとも動かさずに再びゆっくりとその小さな唇だけを動かす。

「フレイ様がこれから勤務される場所へとお連れいたしました」

「……まだ話を受けるなんて言ってないぞ」

「それは早とちりをしました。申し訳ありません」

ロゼはそう言いながら、剣先がすぐそこにあることを気にする様子も見せずに小さく僅かに頭を下げた。

信用にたる要素は一切ないにも拘らず、淡々と紡がれるその言葉からはなぜか裏や敵意のようなものは全く感じない。

目と目が再び合う。

じっと見ているだけで、吸い込まれそうなほどに真っ黒な瞳。

互いに黙った静寂の中、僅かに吹く風の音とそれに伴う葉のさざめきだけが聞こえる。

「……もう少し詳しく話を聞かせてくれ」

腰の鞘に剣を収める。

「畏まりました。ですが、その前にお目に掛かっていただきたい方々がいらっしゃいます」

「そいつが依頼主なのか?」

「会っていただければ分かります」

今はまだ答える気がないのか、それとも百聞は一見に如かずということなのか、ロゼは俺の質問に答えずにただそう言った。

そして、ランタンを持ったまま石畳で作られた小道の上をゆっくりと先導するように歩き始めた。

とりあえず、今はついていくしかなさそうだ。

それに依頼を受けるにせよ断るにせよ、俺一人のために転移魔法まで使うような奴の顔くらいは見てやらないと気がすまないのも確かだ。

ロゼに続いて庭園の中を歩く。

互いに一言も発さない。あるのはただ石畳の上を歩く音と芳醇な花々の香りだけ。

屋敷が近づいていくと、遠くから見ていた時よりも更にはっきりとその威容が分かってくる。

前職の都合上、大きな屋敷を目にする機会は少なからずあったが、この屋敷はそれらと比べても全く遜色がない。

一つ気になる点があるとすれば夜中であるとはいえ、この屋敷からは生命の気配がほとんど感じられないことだ。

「これだけ大きな屋敷ってことは、あんたみたいな使用人が他にも？」

妙な緊張感に耐えられず、左前方を歩くロゼに何気ない世間話を振る。

「いえ、この屋敷にいる使用人は私ともう一人だけです」

「こんな大きな屋敷なのに二人しかいないのか!?」

「はい」

驚愕する俺に対して、ロゼはさも当然であるかのように答えた。

「じゃあ、この庭園の手入れも……？」

「庭園の手入れは私が一人で行っております」

「一人で……」

大きな庭園を見回す。

これを一人で手入れすることなんて可能なのだろうか……。

それに加えてこの大きな屋敷だ。他にもやらなければならないことは山程あるだろう。

確かに見た目からして有能そうな感じはするが、流石に信じられない。

そんなことを考えていると、屋敷の入口、大きな扉の前に到着する。

「どうぞ、お入りください」

ロゼが扉を開いて、そう言った。

開いた扉から見える屋内は僅かな明かりだけで照らされていて、一度足を踏み入れたらもう二度と出られないのではないかと思うような不気味さを醸し出している。

だが、この先で何が待っていたとしても、あの時のことより最悪なことはもう起こらないはずだ。

覚悟を決めて、その敷居を跨ぐ。

外よりも更に静寂に満ちた屋内。

暗くてはっきりとは見えないが、至る所に飾られている装飾品の数々は学院にあった物と遜色のないくらい高価な物であることだけは分かる。

「こちらへ」

いつの間にか中に入ってきていたロゼが再び俺の前に立ち、先導するように屋敷の奥へと進んでいく。

ランタンの光を頼りに、薄暗い廊下を歩く。

コツコツと地面を叩く二人分の足音だけが聞こえる。

そうしてしばらく歩いていると、視界の先にロゼが持っているランタンのそれとは違う光が見えてきた。

その光は廊下の先にある扉、それについた小さな窓から漏れ出ている。

そしてそれは、その扉の向こう側に誰かがいることを示している。

「どうぞ、お入りください」

ロゼが扉の前で立ち止まるが、今度はその扉に手をかけずにじっと俺の方を見ている。

ここは自分で開けろということらしい。

腹はとっくに括っている。

小窓から中の様子を確認するようなことはせずに、その旧懐を感じさせる横開きの扉に手をかける。

そして、ガラガラと音を立てながら開いた扉の先へと足を踏み入れた。

扉の向こうにあったのは、どこか懐かしさを感じる四角い部屋。

四辺ある壁の一面、その半分以上を占める大きな黒板。

綺麗な格子状に並べられた木造の机と椅子。

教室、それはどこからどう見てもそうとしか呼べない一室だ。

そしてその中央の辺りに、まるで俺を待っていたかのように五人の少女たちが横一列になって着席している。

「こちらが主のご息女方。貴方の新しい生徒となる方々です」

ここまで案内をしてくれたメイド服の女性が、手でその五人のほうを指し示しながら、既にそれが決定したことであるかのように言った。

少女たちは無言で俺のことをじっと見つめている。

値踏みするように、侮蔑するように、退屈そうに、期待するように、そして興味深そうに……。

五人がそれぞれ異なった感情の色をその瞳に浮かべながら。

「この子たちが……」

この部屋の扉をくぐった時、あらゆる覚悟はすませたつもりだった。

つもりだったが、これは流石に想定外にも程がある。

人間にはありえない特徴を持つその五人の少女を前にして、俺はただ呆然とその姿を眺めることしかできなかった。

一番左に座っている五人の中で最も年長と思しき少女。

炎のように真っ赤なセミロングの髪を持ったその子は、俺のほうをじっと見ながら、まるで毛先にそうするように、その背中に生えた竜のような翼の先端を弄りながら微笑を浮かべている。

一見友好的そうに見えるその視線だが、そこには高い場所から自分よりも格下の存在を見下ろし、値踏みするような色が含まれているのがはっきりと分かる。

その隣、左から二番目に座っている濃い緑色の長い髪を持った少女は眉間に皺を寄せて、まるで台所の掃除中に見つけた油虫の死骸でも見るような嫌悪感に満ちた目で俺のことを見ている。

その頭の左右から生えた二本の小さな羊のような角、そして身体の横でその感情を表すようにウネウネと蠢いている真っ黒な尻尾らしき物体は、その肩から胸元にかけて大きく開いている扇情的な服装と、それによって半分ほど露出している大きな胸と同じくらいに目を引く。

中央の子、健康的な印象を受ける褐色の肌に青みがかったショートカットの髪の毛の少女。

そして、そこからはみ出るほどに長く尖った耳を持っているその子は俺のほうを見ようともせずに、足をバタバタと交互の上下させながら退屈そうに大きなあくびをしている。

四番目の子、茶色いウェーブがかった髪のその子は、丸々とした目を更に大きく見開いて好奇心に満ちたキラキラとした瞳で俺のことを眺めている。

一見しただけではこの中で一番人間に近いように見えるが、ぼけっと開かれたその口内には長く鋭利な二つの牙が光っている。

この五人の中では俺に対して最も興味を持っているようにも見える。

そして五人目。こいつに関してはそもそも全身が身体よりも遥かに大きなローブに包まれていてその姿形すら全く分からないが、暗い影の中から何かしらの感情を込めた視線を俺のほうへと向けていることだけは分かる。

ひとしきり五人の容姿を確認したところで、ひどく混乱している脳をなんとか働かせる。

固まった身体だけを動かして、ロゼのほうに視線を移す。

「魔族……だよな……？」

助け舟を求めるように、肺の奥から声を絞り出す。

姿の分からない五人目は置いておいて、残りの四人全員はどこからどう見ても人間ではない。

間違いなく魔族だ。

「はい、こちらに御《お》わすのは魔王ハザール様のご息女方であられます」

「なるほど…………………は？　まおう？」

「はい」

短い返事。

頭の中でその言葉の意味を考える。

まおう？　ごそくじょ？

「魔王ってあの魔王？」

「はい、魔族を束ねる王にございます」

「じょ、冗談だろ……？」

俺がそう言った直後――

「ほん……っとに！　冗談じゃないわ！　人間の男が私の教育係だなんてどういうことなの!?　ロゼ!!」

二番目、俺に対して露骨に嫌悪感を向けていた子が勢いよく立ち上がってロゼに食ってかかった。

うねうねと動いていた謎の黒い物体はやはりしっぽだったのか、立ち上がると尻の辺りから伸びていることがよく分かる。

「イスナ様、これは全てハザール様のご意思であられます。どうかご理解ください」

「ならお父様に会わせて頂戴！　私から直訴するわ！」

「それはできません」

「どうしてよ！」

「ハザール様のご意思です」

ロゼがその言葉と共に、強い意志を持った視線をイスナと呼ばれた二番目の少女に向ける。

そう言われてはイスナも言い返すことができないのか、そのまま悔しそうに黙り込んだ。

「意味が分からないわ！」

そして、大きく舌打ちするとその豊かな胸を大きく揺らしながら再び着席した。

そう、意味が分からない。

一体これはどういうことなんだ。誰か説明してくれ。

「ふぁ……あたしもイスナ姉に同意～。なんで人間なんかの言うこと聞かなきゃいけないのか意味分かんないし」

三番目、中央で気だるげそうにしているショートカットの子が大きなあくびと共にそう言った。

「ほう……。では、イスナとサンはここで脱落ということでいいんだな？」

間髪入れずに、一番年長者と思しき左端の子が挑発するような口調で右に並ぶ二人にそう言った。

イスナは二番目の子だったから、サンが三番目の子か……ってなんで俺はこの子らの名前を覚えようとしているんだ……。

教師としての職業病的な行動を自制しようとするが、頭が勝手にその名前を覚えていってしまう。

「脱落？　どういうことよ」

「無論、父上の後継者争いからだ」

「後継者争いがこれと何の関係があるのよ」

イスナが指だけで俺を指し示しながら吐き捨てるようにそう言った。

「私たちを一堂に会させて他に何があると……？　その意図が読めないようではイスナもまだまだだな」

左側で隣り合っている二人がバチバチと火花を散らしながら言い争いをしている。

当事者である俺を完全な蚊帳の外に置きながら。

「アンナ姉さんにイスナ姉さん。ふ、二人共落ち着いてください。ま、まだ決まった話でもありませんし……。それに私たちが喧嘩するのはお父様も快く思わないんじゃないかなー……って……」

四番目の子が慌てふためきながら二人の仲裁に入る横で、フードを深く被り込んだ五番目の子は何の興味もなさそうにどこかを眺めている。

「フィーア。私からすれば君も一つしかない席を争うライバルだ。そんな悠長なことを言っている場合じゃないぞ」

なるほど、この子はフィーアというのか……ってそうじゃないだろ。

「わ、私は……その……別に……」

目の前で行われているのはどこにでもあるような姉妹喧嘩。

それが魔王の娘と呼ばれた少女たちによるものであるという点を除けばだが。

しかし、一体何がどうなっているのか全く話についていけない。誰でもいいからこの状況を説明してくれ。

「埒が明かないわ！　ロゼ！　今日は顔合わせだけって言ったわよね！　ならもう済んだから部屋に戻るわよ！」

再び、席から勢いよく立ち上がったイスナが大きな声でそう言った。

「はい、本日はご足労いただきありがとうございました。おやすみなさいませ」

ロゼはそう言って並んでいる五人に向かって一礼すると、一番初めにイスナと呼ばれていた子がその苛立ちを表すように床を踏み鳴らしながら退出していった。

それに続いてサンと呼ばれていた子が軽快な足取りで部屋の外へと出ていき、次に最後まで俺のことを値踏みするように見ていたアンナと呼ばれていた子が、その次には全身をローブで包んでいる子が足音を全く鳴らさない不気味な足取りで出ていった。

そんな中で、四番目のフィーアと呼ばれていた子だけが出て行く際に俺とロゼに向かって可愛らしく一礼していった。

そして五人全員が退出し、部屋には俺とロゼだけが残された。

「説明、してくれるよな？」

「はい、私が答えられる範囲のことであれば」

この期に及んでまだ答えられないことはあるらしい。

まあいい、最初に聞くことは決まっている。

「全部、冗談だよな？」

「いいえ、冗談ではございません」

少し強めの風が吹いて窓がガタガタと音を立てて揺れている中、ロゼはその真っ黒な瞳を俺に向けてはっきりと言い切った。

“

”

「まじであの子たちは魔王の娘なのか!?」

「正真正銘、まじで魔王ハザール様のご息女方です」

ここにきても無表情なままのメイドは俺に合わせてくれたのか、若干砕けた言葉遣いで答えてくれた。

「……分かった。とりあえずは信じることにしてやる」

「ご理解いただきありがとうございます」

実際はまだ完全に信じたわけではないが、これ以上この問答を繰り返しても同じ返事しか戻ってこないだろう。

それに俺もなぜか、目の前にいるこの人形のような女性が嘘をついているように思えなくなってしまっている。

とりあえず次の質問に移ろう。聞きたいことはまだまだ残っている。

「どうして俺なんだ？　あの子たちも言っていたが俺は人間だぞ？」

人類と魔族は何百年、いや何千年も昔から相容れることなく争い続けている。

魔族を束ねる王、つまり魔王がその力を十全に発揮して人類の生存権を大きく脅かせば、今度は人類から勇者と呼ばれる者が現れて魔族の勢力圏を押し返す。

そんな交互に重しが載せられる天秤のような状態が大昔からずっと続いている。

ここしばらくは大きな争いもなくたまに小競り合いがある程度の実質的な休戦に近い状態ではあるが、だからと言って交流があるわけでもない。

至る所に残っている争いの火種が、いつ大火となるかも分からない状態が続いているだけだ。

そんな中で、つい先日まで次代の勇者を見出すための学院に勤めていた人間の俺をよりにもよって魔王の娘たちの教育係として迎えようとしているなんて冗談でなければ頭がどうかしているとしか思えない。

「あらゆる要素を加味した上で、フレイ様が最も適任であると判断したからです」

「あらゆる要素？　判断？　魔王がか？」

「ハザール様もそのお一人ではあります」

「それはつまり、他にも関わってる奴がいるってことか？」

その質問に対してロゼは沈黙で返す。

どうやらこれには答えられないということらしい。

「……まあいい。俺が適任ってのはどういうことだ？　確かに人間の学院で教師をしてはいたが、魔族への指導なんてのはやったこともないぞ」

俺でなくとも、人間で魔族への指導を行った者がいるなんて話は聞いたことがない。

そもそも魔族に学校や教師という概念があるのかすら謎だ。

「その件につきましてはご心配ありません。フレイ様はこれまで通りの指導を行っていただくだけで大丈夫です」

「人間の学校でやっていたのと同じ指導を？　魔王の娘に？」

「はい」

ロゼは迷うような様子も見せずに短くそう答えた。

人間流の教育を魔族にしろとは、ますます混乱してくる。

「それで？　目的は？　最終的にあの子たちをどうしたいんだ？」

「フレイ様のご指導の下、魔王様のご令嬢として立派にご成長してもらうことです」

魔王の令嬢として立派に成長……。

その言葉を頭の中で反芻しながら、先刻アンナと呼ばれていた子が後継者争いと言っていたことを思い出す。

二人の話を合わせて考えると、これはつまり俺に次代の魔王を育てろと言っているに他ならない。

しかし、それだけの話には到底思えない。魔族の事情は知らないが、それなら他にも適任者がいるはずだろう。

わざわざ人間の俺にそれを依頼する理由が他にもあるはずだ。

「本当に、人間の俺が最も適任だと思ってるのか？」

「はい」

「他にも……何か隠していることがあるんじゃないのか？」

その裏に隠されている意図を探るように、その黒真珠のような瞳をじっと見つめながら告げる。

あまりにも話が唐突すぎる。その言葉をただそのまま受け取ることはできない。

「いいえ、ありません」

しかし、ロゼは一切の逡巡もなくそう答えた。

「なら、そんな話を受けると思っているのか？　人間の俺が」

「はい、それも含めてフレイ様が最もお嬢様方の教育係として適任であると判断しています」

さっきから適任適任と、こいつらは一体俺の何を知っているんだ。

ふざけやがって、その話が仮に全て本当だとしたら俺に断られて困るのはこいつらのはずだ。

俺が付き合う必要は一切ない。さっさと断ってこんな怪しい場所からはすぐに立ち去ってやればいい。

頭ではそう考えるが、そのための言葉が中々出てこない。

その理由は分かっている。俺には人間の世界に最早戻る場所がないからだ。

人間の世界では俺の道はもはや完全に閉ざされている。

不祥事で教師をクビになったという話は教育界だけでなく、すぐにあらゆる界隈に広がっていくだろう。

そうなれば、戻ったところでできることはほとんどない。

故に今この人形のような女から聞かされた話を馬鹿馬鹿しいと思いながらも、頭の中では二つの選択肢が天秤にかけられている。

当てがあるわけでもない人間の世界に戻るのか、それとも——

互いに視線を合わせたまま、時間だけが経過していく。

「ご質問は以上でよろしいでしょうか？　でしたらお部屋をご用意しておりますので、今宵はそこでごゆっくりとお休みください」

数分程の無言が続いた後にロゼはそう言うと、出入口の扉を開いて付いて来いと促してくる。

その後のことはあまり覚えていない。

気がついたら俺が自宅で使っていた物の十倍は心地良く、百倍は高そうなベッドの上で横になっていた。

案内された部屋はまるで、俺が今後もここで暮らしていくことが予め想定されていたかのように綺麗に整備されていた。

案内し終えたロゼはこの後も仕事が残っているのか、それとも自分も休息するのかは知らないが、『明朝までにご決断ください』とだけ言って、いくつかの書類を残してどこかへと去って行った。

横になったまま、すぐそばにある小さなテーブルの上に置かれたその書類に手を伸ばす。

それにはあの五人姉妹の情報が事細かく記載されている。

学院自体につけていた生徒たちの調査書とほとんど変わらないそれを一人分ずつじっくりと読み込んでいく。

あの五人も魔族であることを除けば、学院にいた生徒たちと変わらないまだ十代の若い女の子だということがよく分かる。

これからの経験や教育次第では、どうにでも成長できる、無限の可能性を秘めた存在。

誰のために、何のために、血の滲むような努力を積み重ねてきたのか。

与えられた選択肢、できること、やるべきことは再び一致している。

なら答えは一つしかない。

大きな決意を固めて目を閉じる。

予想を遥かに超えた出来事を受け止めて疲れ切った身体はそうするだけであっという間に心地の良いまどろみに包まれた。

そして、意識はすぐに暗闇の中へと消えていった。

“”

翌朝、目が覚めると同時に入口の扉が叩かれた。

まるで部屋の外で俺が起きるのを見計らって待機していたのではないかと思うようなタイミングだ。

「どうぞ」

あの見た目からして有能そうな侍女なら、それくらいはやりかねないと思いながら扉の外にいる人物へと向かって声をかける。

「失礼致します。ご朝食をお持ち致しました」

扉の向こうにいたのは当然のようにロゼだった。

「あの子たちの教育係の話、引き受けることにした」

給仕用のカートを押しながら部屋に入ってきたロゼに向かってそう告げる。

それを聞いた彼女は、その無表情の中にごく僅かな喜びを浮かべたように見えた。

「はい、了解いたしました。では、朝食後に再びお顔合わせを行わせていただくので、その前に湯浴みの準備をさせていただきます」

ロゼはそう言いながら、俺がその選択をすることは知っていたと言わんばかりの落ち着いた所作で朝食を机の上に並べている。

偶然か、それともそんなところまで調べているのか。そこにはまるで就任を祝うかのように俺の好物ばかりが並んでいく。

椅子に座り、食器を掴んでこの豪華な屋敷に似つかわしくない質素な豆のスープを一口啜る。

懐かしさを感じる素朴な味わいが口内一杯に広がる。

もう後戻りはできない。

これで俺はあの五人の姉妹を立派な魔王へと育てる教育係になった。

二章

魔王令嬢の教育係

「えー……、改めて！　今日から君たちの教育係を務めさせてもらうことになったフレイ・ガーネットだ！　よろしく！」

一段高くなった場所にある教壇から、昨日と全く同じ順番で横一列に並んでいる五人の少女に対して、少しの爽やかさを演出しながら宣言を行う。

外から射し込む陽気、僅かに開いた窓から入ってくる心地よい風、湯を浴びてさっぱりとした身体と合わさって晴れ晴れとした気分だ。

が……、五人の内の半数以上である三人の生徒たちからは、相変わらずの否定的な視線が向けられている。

特に次女のイスナと三女のサンは、もはや敵意と言っていいほどの強烈な悪感情を抱いているのが明らかだ。

まあ、いきなり人間が自分たちの指導をするとなったらそうなるのも当然か。

逆の立場だとしたら間違いなく俺も似たような所感を抱いていただろう。

しかし、引き受けた以上はそんなことは言っていられない。

なんとかしてこの子たちの信頼を得て、教師として与えられた務めを果たす必要がある。

「さて……、今回はまた顔合わせって話だったけど……。それだけじゃあ味気ないからな。左から一人ずつ、自己紹介でもしてもらおうか」

もらった資料で五人の情報は概ね知っているが、百聞は一見にしかずというやつだ。

実際に自分の口から何かを話してもらうことは、ただ資料で読むだけよりも大きな価値がある何かを得られるかもしれない。

「それじゃあ一番左から、名前と……そうだな……得意なことでも言ってもらおうかな」

そう告げてから、全体を広く見据えていた視線を左端の子だけに向ける。

「私からか、よし……いいだろう」

燃え盛る炎のような真っ赤な髪を持つその子が、背中から生えている大きな翼を誇示しながら立ち上がった。

「私はアンナ。竜人族の巫女セイスを母に持つ、魔王ハザールの長女だ。得意なことは……そうだな……」

アンナが口にしたその言葉は資料に書いてあった情報と相違ない。

竜人族と呼ばれる竜の特徴を持つ魔族を母に持つ、五人姉妹の長女。

年齢は十八歳で性格は自信家、あまりはっきりと表には出さないが他者を見下すような傾向がややある。

しかし、その実力は本物で、今の時点で一軍を率いる将になれるほどの器を持っている。特に武器を用いた戦闘では魔族でも右に出る者は数少ない。

などと書かれていた。

「まだ修行中の身分故に自慢できるようなものはないが……強いていうなら剣術だろう」

言葉だけ聞くと謙遜しているように見えるが、その態度の裏に『自分がこの場にいる誰にも絶対負けることはない』という自信がはっきりと見える。

「よし、アンナだな。俺も剣にはそれなりに自信があるからいつか手合わせしてみたいもんだな」

「それはいいな。私も父上が選んだフレイの実力は是非見てみたい。その時は胸を借りるつもりで挑ませてもらおうか」

俺のことを呼び捨てにしながらアンナが再び着席した。

まあいきなり先生などと呼んでもらえるとも呼んでもらおうとも思っていなかったし、それが今の俺に対する評価だということは甘んじて受け入れておこう。

「えーっと、それじゃあ次は……」

アンナから視線をずらして、二番目の子に向ける。

次女のイスナは片方の手で頬杖をつきながら、むすっとした表情で明後日の方向を見ている。

昨日の態度から分かっていたことではあるが、立ち上がって自己紹介をする気は微塵もなさそうだ。

「イスナ、照れくさくてできないのなら……私が代わりにしてやろうか？」

アンナがからかうような微笑を浮かべながら、イスナに向かってそう言った。

それを受けたイスナがアンナのほうを睨みつけるような表情で見る。

「イスナ、なんでも、以上」

そして、俺のほうを見ずにぶっきらぼうな口調でそう言った。

人間界でも色々な意味で有名な夢魔と呼ばれる魔人族を母に持つ十七歳の次女。

得意なことはなんでもと自ら答えたように、資料にも武術から魔法、勉学に加えて家事のようなこともそつなくこなすと書かれている。

しかし性格は見ての通り。威圧的で他者に対しても自分に対しても厳しく、アンナとは別の方向にプライドが高そうだ。

頭の左右から生えた二本の角と、いつも身体の横でうねうねと蠢いている黒い尻尾、腰くらいまである深緑の真っ直ぐな長い髪の毛。そして、その性格を表しているようなツリ気味の目と見た目もかなり特徴的だ。

……それとやたらと露出させている大きな胸も。

「イスナだな。よろしくな」

また頬杖をついて明後日の方向を見ているイスナに、その言葉は当然のように無視された。

この子は色々と手強そうだ。

続いて三人目。

昨日と同じく退屈そうにあくびをしているが、一応は俺のほうを向いている。

「ん～？　あ～……あたしの番？　えーっと、サン。得意なのは……身体を動かすこと？」

そして気だるげそうにではあるが、一応自己紹介を行ってくれた。

エルフと呼ばれる亜人族、その中でも少し特異なダークエルフと呼ばれる種族を母に持つ十六歳の三女は所在なげに藍色をした短い髪の毛の先端を弄っている。

例の書類によると、普段は快活で人当たりの良い性格をしているらしいが、勉強が大の苦手だということと、得体の知れない人間がいることが合わさって機嫌が悪いのか、今のところはそんな性格はほとんど窺えない。

加えて早く外に出て身体を動かしたくて堪らないのか、机の下から見えている健康的な小麦色の足を交互にバタバタと上下させている。

「サンだな……。運動が得意……と」

加えて、少し落ち着きが足りないということを手元にあるメモ帳に記入していく。

これには昨晩貰った資料とは別に、俺が感じたままのことを書いていく。

「あ～……ほんとに退屈～……。なんでこんなことしなきゃなんないの～……」

「サンちゃん……お父様にもきっと何かの考えが……って、あっ！　つ、次は私ですね。え、えっと……四女のフィーアと申します！　得意なことは……えっと、その……目下捜索中と言いますか……が、頑張ります！」

俺に対して、今のところは最も悪くない感情を抱いてくれていそうな四女のフィーアが席から立ち上がって、たどたどしい自己紹介を行ってくれた。

年齢はサンと同じ十六歳、母親は人間界では吸血鬼やヴァンパイアなどと呼ばれる吸血種の魔族。

ふわふわとした栗色の髪の毛とクリっとした大きな目から受ける印象通りに性格は穏やかだが、人一倍臆病でもある。

そして、その資質についいては……姉妹の仲で最も平凡、いや平凡以下で、厳しい言い方をすれば落ちこぼれというやつらしい。

本人もそれを自覚しているから今のような自己紹介になったんだろう。

しかし、そんな子から未知の才能を見出すことこそが教師の役割でもある。

「フィーアだな。頼りないかもしれないけど、これから一緒に頑張ろうな」

「い、いえ！　そんなことは！　こちらこそよろしくお願いします！」

フィーアは可愛らしくペコペコと何度かお辞儀をしてから再び着席した。

まともに俺の言うことを聞く気でいるフィーアに対して、他の姉妹は僅かに冷ややかな視線を向けている。

手元のメモ帳にフィーアのことを書き終え、次の子へと目線を向ける。

全身を大きなローブで包んだ五人目の子は、意外なことに自分の順番がやってくるとすっと立ち上がった。

「……フェム」

そして、見た目からは想像できない可愛らしい小さな声で呟くと、またすぐに着席した。

五女のフェム。見た目通りの謎さは俺に対してだけではないらしく、ロゼから貰った資料でもその情報量は少なかった。

十五歳で、魔族においてもかなり珍しい幽鬼種の母親を持つとのこと。

非常に内向的な性格で読書が好き。その資質に関しては一切不明だが、魔法を動力にした道具が動作不良を起こすなどの魔法に関する異常な現象がこの子の周囲で度々起こっていることが特記事項に記載されていた。

しかし、一応こうして自分から自己紹介をしてくれたということは意外と俺に対して悪い印象は抱いていないのかもしれない。

「フェムだな。でも、もう少し大きな声で言ってくれると助かるな」

フェムは俺のその言葉に何の反応も示さずに、ただじっと座っている。

他の四人は大体どんな子なのか掴めたが、この子に関してだけはまた全く分からない。これからも辛抱強く接する必要がありそうだ。

再び視界を広くして、五人全員を見据える。

まとまりというものはまだ一切見られないが、ともかくこれでなんとか全員に自己紹介をさせることには成功した。

それは限りなく小さな一歩ではあるが、この不可思議な教師生活にとっては重要な一歩目でもある。

“ ”

「お嬢様方と顔を合わせた際の印象はいかがでしたか?」

まるで取調室のような殺風景な部屋で、小さな机を挟んでロゼと顔を向き合わせる。

あの子たちへの授業が終わったら毎日こうして面談をしなければいけないらしい。

その日起こった出来事や、今後のことなどを話し合う場らしいが、学院のことを思い出してほんの少しだけ心理的な抵抗感がある。

「そうだな……思ったよりも手強そうという印象だな」

予想はしていたが、どの子も一癖や二癖ありそうな子たちだった。

加えて人間と魔族という大きな溝があることも考えれば、僅か五人の相手ではあるが、前の学院で一学年まるまる受け持つよりも苦労しそうだ。

「そうですか」

ロゼは相変わらずの無表情から淡々とした抑揚のない返事を繰り出してくる。

そして、その後もロゼから質問を受け、その返答を受け取ったロゼが手元にある書類に何かを書き連ねていくというやりとりが何度か繰り返された。

綺麗な姿勢で、綺麗な文字をすらすらと書いていくその様は思わず見惚れてしまうほどの上品さがある。

「それで……その報告書は誰に見せるんだ？　魔王か？」

「いえ、これは私が把握しておくためだけのものです。ご安心ください」

「なんだ、てっきりそれを偉い奴らが査定して、給料や進退が決まるって話かと思ってた」

「そういうものではありませんので、気兼ねなくお答えくださっても大丈夫です」

と言いながら、実は報告している可能性もありそうだ。そうなると、都合の悪いことは隠したほうがいいのかもしれない。

いや、前の学院と比べてかなり狭いこの場で何かを隠そうと思っても限度がある。

余程のことでない限りは包み隠さずに報告することにしよう。

「それとお給金に関してですが、決められた額を支払うという形ではなく。ご入用な物などがあれば、その都度に申し付けてくだされればご提供させていただくといった形になります」

「……なるほど」

確かに金をもらったところでそもそも使う場所がない。

個人的にも衣食住が完備されているなら、今のところはそれで問題は無い。

「可能な限りは何であれご用意致しますので、こちらも気兼ねなくお申し付けください」

「……可能な限り？」

「はい」

「例えば……どのくらいの物までなら大丈夫なんだ？」

そう尋ねながら、俺に用意された部屋にあった物を思い出す。

身の回りの物一つ取っても人間界で言えば前の給料では到底手が出ないような高価な物ばかりだった。

そんな屋敷で暮らしている者が可能な限りということはそうとう無茶な要求も通るんじゃないだろうか。

「形あるものであれば、そうですね……古龍種の骨髄液までなら対応は可能かと思われます」

「なるほど……古龍種の骨髄液か…………って、古龍種の骨髄液ィ!?」

ロゼが例に挙げたその単語を聞いて、思わず間の抜けた大声を上げてしまう。

「はい」

ロゼはいつも通り淡々と答えているが、古龍種の骨髄液と言えばこの世で最も価値があるとされている魔法触媒の一つだ。

学院時代の俺の給料では、それを一滴分購入するのに人生を最低十回は繰り返す必要があるほどに高価な代物だ。

そんなものをこうもあっさりと用意ができると言われるとは思わなかったので、思わず椅子から勢いよく立ち上がるほどに取り乱してしまう。

「ご入用なのでしょうか？」

「い、いや……いい……大丈夫だ……」

見てみたいし、使ってみたくもあるが、そんな好奇心のために準備してもらうのは流石に気が引ける。

大きく息を吐いて、落ち着いてから再び着席する。

そうだ、ここは魔族の世界で、俺が指導するのは魔王の娘たちだ。

このくらいのぶっ飛び具合で取り乱していたら、先が思いやられる。もっと気を引き締めないとな……。

「では、他にご必要な物は？」

「いや、今は特にないな」

座学で使うような物は概ね揃えられていたし、日用品も必要な分は部屋に揃っていた。

それも以前の生活で使っていた物よりも遥かに良い物が用意されていたので、急ぎで必要な物は特にない。

「了解しました。それで、最後に一つ……先程フレイ様が仰られた進退に関わるお話なのですが」

そう言って、ロゼが珍しく次の言葉を少し溜めた。

「お嬢様方には、これからちょうど三ヶ月後に試験を受けていただくことになります」

「試験？」

「はい、その試験はハザール様の御前にて行われます」

「なるほど、そこで一定の成果を見せられなかったら……俺はお払い箱ってわけか」

「ご理解が早くて助かります」

「そういうのは慣れてるからな」

学院時代から、受け持っている班の成績というのはそのまま俺の評価に直結していたので珍しい話ではない。

まあ当時は平民の俺がどれだけ頑張ったところで、見えない硝子の天井が存在していたが、果たしてここではどうなることか……。

「それで試験の内容は？　まさか紙の書き取り試験ってことはないよな？」

「はい、そのような類の物ではございません。ハザール様の御前で、各々の特性に合った試験を受けていただくことになります」

「各々の特性ね……」

つまり、俺はあの子たちから長所を見つけて、それを伸ばす教育をしなければならないということか。

偶然ではあるが、自己紹介の際にそれとなく探りを入れておいて良かったのかもしれない。

「その試験の結果如何《いかん》で、俺の進退が決まるってわけか」

「そうなります」

何も誤魔化すことなくロゼが答えた。

今はこうして普通に接しているが、魔族……それも魔王との契約だ。

もし大失態を晒して用済みだと判断されれば、殺される可能性も十分にあるだろう。

今更そんなことで臆病風に吹かれたりはしないが、更に気合を入れ直す必要があるのは間違いない。

「三ヶ月か……」

教育という観点から見ればかなり短い期間だ。

しかも関係性はゼロどころかマイナスからのスタート。

ほとんどの教師なら、話を聞いた時点でさじを投げてしまうだろう。

しかし、俺はその難関を前にして逆にわくわくしている。

まずはあの子たちの俺の存在を認めさせるために、少し無茶をする必要がありそうだ。

“ ”

白墨が黒板に当たる小気味の良い音が室内に響く。

この屋敷に来て、魔王の娘たちの教育係として初めての授業には算術を選んだ。

俺に対して最も露骨な悪感情を抱いている二人が来るかどうかが焦点だったが、父親の命令だという話が効いているのか、五人全員が授業開始前にはきちんと揃っていた。

「あのー……先生？　これで……どうでしょうか？」

黒板の前、俺が示した算術の問題を解き終えたらしいフィーアが隣から声をかけてくる。

「……すまん、少しだけ待ってくれ」

声色とは対照的に、少し自信有りげな表情で俺の沙汰を待つフィーアを一旦待機させる。

そして、まるで巨大な獣が唸り声を上げているかのような大きないびきをかいているサンを見据える。

教壇の上に備えられている小さな箱から、一欠片の白墨を取り出す。

そして、心地よさそうに寝ているご令嬢の一人に向かって手首のスナップを利かせてそれを投げた。

古来より伝わる教師だけが使用可能な必殺技。

それがこちらを向いている藍色の髪の毛の真ん中、ちょうどつむじの辺りに命中した。

「いたっ！」

眠り姫が飛び起きる。その衝撃で椅子と机が激しく揺れ、机の上にあった本や筆記具などが木目調の床へとばらばらと落ちていった。

目が覚めたサンは寝ぼけ眼できょろきょろと辺りを見回し、自分の身に何が起こったのかを確認し始めた。

まず軽く握った手を口に当てて失笑を漏らしているアンナを見て、次にいびきがうるさかったことにイライラしていたのか、胸がすいたような表情を僅かに浮かべているイスナのほうを見た。

そして、続けて正面にいる俺のほうを見ると――

「お前かぁ!! 何しやがった!!」

俺に向かってビシっと人差し指を突き立てながらそう叫んだ。

「それはこっちの台詞だ。初めての授業中に堂々と寝るな」

「ふんっ! 知るか! お前の話がつまんないのが悪いんだよ!」

サンはその鋭利で長い耳をピクピクと動かしながら立腹している。

「つまらない? 単に算術が苦手なだけじゃないのか?」

「そ、そんなわけないだろ! 人間ごときが偉そうな口を利くな!」

「そうか、それなら……」

新しい白墨を手に取って、それで黒板に問題を書いていく。

人間の学校なら中等部で習うような簡単な問題だ。

「これを解いてみろ。解けたらお前だけ、座学は全部免除にしてやる」

「ほ、ほんと!?」

「ああ、本当だ。俺はそんなつまらない嘘はつかん。だが……不正解だったら今後は大人しく授業を聞いてもらうからな?」

それを聞いたサンの顔はぱぁっと明るくなる。

やはりこの子が良くも悪くも一番単純だ。つまりは御しやすい。

「二言はないかんな!」

そして、その顔に険しい表情を浮かべながらゆっくりと黒板へ向かっていく。

「よ、よし……こんくらい……できるに決まってんだろ……」

「なら、さっさと解いてみろ」

サンが勢いよく白墨を黒板に突き立てた音がシンとした教室に響く。

しかし、勢いが良かったのはそこまで。次の瞬間にはまるで時間が止まったか、或いは故障した自動人形のようにピタリとその身体が固まった。

「えっと、2が3で……5が……」

そして、浅黒いその肌にじめっとした汗を浮かべながら、うわ言のように何かを呟き始める。

「どうした？　そのまま夕飯の時間まで突っ立ってるつもりか？」

挑発の言葉を口にするが、サンの耳には届いていないのか、これまでのような憎まれ口は返ってこない。

サンを挟んだ向かい側では、フィーアがどうすればいいのか分からずにあたふたしている。

一番真面目に授業を受けてくれているフィーアには申し訳ないが、今日のこの授業はそれそのものが目的ではない。

まずは今後のために、この環境をどうにかしなければならない。

「ににんがし、にさんが……だから……こうだ！」

サンは屋敷中に聞こえそうなほどに大きな声で叫ぶと同時に、白墨を黒板の上でさっと滑らせた。

そして、黒板の空白を使い切るかのように大きく書いた。

２、と。
「ふふん！　どうだ！」

まるで大きな偉業を成し遂げたように、両手を腰に当てて胸を張っている。

「残念ながら大外れだ」

どう計算してこうなったのか逆に教えて欲しいくらいの大間違いだ。

「えぇー!?　嘘だ！　お前、私に負けたくないからって嘘をついてるな！」

「嘘じゃないし、そもそも答えだけを書くやつがあるか。とにかく間違いは間違いだ。約束通り、今後は大人しく授業を受けてもらうぞ」

「嫌だ！　そもそもこんなもんができたからって何の役に立つんだよ！」

出た。勉強嫌いの定型句。

「算術の能力は役に立たなかったとしても、問題に直面した時の解決能力が培われる」

「問題？　そんなもん全部ぶっ飛ばしてやればいいだろ、こうやって！　こうやってさ！」

そう言いながら、サンは何もない中空へと向かって殴る蹴るといった動作を繰り返す。

「なるほど、サンはそっちのほうに自信があるってことか……」

「当たり前だろ！　あたしたちは人間とは違うんだよ！　父様だって、そうやって王様になったんだからな！　ていうか馴れ馴れしく呼び捨てに……すんなッ！」

そう言いながら、一気に蹴り上げられた足が俺の顔の真横でピタりと止まった。

一拍遅れて半身に強い風圧。それによって吹かれた前髪が額を撫でる。

「ふんっ！　どうだ！　見えなかっただろ⁉」

自慢げにしているだけあって、なかなかの上段回し蹴りだった。

それをこの限られた空間でできるということは、単に運動神経が高いというだけでなく、天性の柔軟性も兼ね備えているということがよく分かる。

当たっていれば常人なら一発で昏倒、下手すれば首の骨が持っていかれて死ぬ可能性まである。

「ああ、なかなか良い蹴りだな」

素直にそう褒めてやると、サンは得意げに鼻を鳴らしながらその足を下ろした。

予想通り、この子が一番分かりやすい。

「ねえ……じゃあ、次はそれで白黒つければいいんじゃないの？」

目の前にいるサンからではなく、座っているイスナからそんな言葉が聞こえてきた。

「それ？」

「そっ、格闘術だって立派な武術の授業でしょ？　いくらお父様のご意思とはいえ、それでサンに負けるような人に教えを請うなんてのは到底無理な話よね。それとも……か弱い人間さんには算術以外で私たちの相手は荷が重いかしら……？」

そう言うイスナの顔からは先程の気だるげな様子は消え、ニヤニヤと嘲るような笑みを浮かべている。

その表情からは、この挑発に乗った俺がサンと格闘戦をして、ぼこぼこにやられるのを心待ちにしているのがはっきりと分かる。

「そうだそうだ！　イスナ姉の言う通りだ！　弱っちい奴の言うことなんて聞きたくもないだけで、別に勉強ができないわけじゃないんだからな！」

いや、それは嘘だろ。

例の書類にも、はっきりと勉強ができないということは書いてあった。

「あ、あの……サンちゃんもイスナ姉さんも……あまり先生を困らせるようなことを言うのは……」

「『フィーアは黙ってて！』」

「はぅ……」

二人同時に凄まれたフィーアが一瞬にして萎縮する。

かわいそうに……。

そして、本来なら止めるべき立場であるはずの長女はいつもと変わらずに薄っすらとした笑みを浮かべながら我関せずというような様子でただ事の成り行きを眺めている。

サンやイスナのように突っかかってくるわけではないが、その態度からは俺がやられてあっさりといなくなるのなら、それはそれで一向に構わないと思っているのがよく分かる。

「分かった」

「え？」

俺がそう言ってやると、それは予想外だったのか、中空に向かって何度も拳を突き出していたサンがその動きを止めた。

「算術は一旦中断して外に出るぞ。予定だともう少し先だったが、今から戦闘訓練の授業を始める」

そう告げて、教壇の上を片付ける。

ここまでは概ね俺の作戦通りに事が進んでいると言っていいだろう。


屋敷の裏側、つまり庭園のある位置の反対側、そこに大きな広場がある。

大きな森の一部をまるで大規模な炎魔法で焼却してから整備したような余分な物は一切ない広い更地。

学院にあった校庭と比べると幾分かは小さいが、俺を含めた六人で使う分には十分すぎるほどの広さを有している。

武術や魔法と言った戦闘関連の授業を行うにはもってこいの場所だ。

「いやー、いい天気だなー」

天気は快晴、加えて程よい風も吹いていていて外で授業を行うには絶好の日和だ。

「そんなことはどうでもいいから、さっさとやるぞ！」

日の暖かさを感じながら軽く準備運動をしていると、サンが急かすように言ってくる。

俺を早くぶちのめしたくて、もう待ちきれないといった様子だ。

そして、他の姉妹たちは少し離れたところから俺たちのことを見物している。

しかし他はともかく、フェムまで見に来ているのは予想外だった。

この子も俺がやられるところが見たいのか、それとも意外に真面目なのか。

「あの～、先生……やっぱり止めたほうが……」

そんな中で、フィーアだけが心配そうに声をかけてきた。

「ん？　どうしてだ？」

「サンちゃんってすごく強いんですよ……大人の人も全然敵わないくらいで……。それにやっぱり喧嘩は……」

喧嘩。なるほど、この子の目にはそう映っているわけか。

「大丈夫だ。これは喧嘩じゃなくて授業の一環だからな。ひどい怪我をするようなことも、させるようなことにもならないから心配しなくていい」

「フィーア！　邪魔すんな！　お前だって本当は人間の先生なんて嫌だって思ってんだろ⁉」

「私は別に……そんなこと……」

フィーアはサンの言葉をすぐに否定しようとするが、この子だってそう思っていても不思議ではない。いや、普通ならそう思っていて当然だろう。

だからこそ俺は今から証明する必要がある。

お前らの教育係を任された男は、意外とすごい奴だということを。

「イスナ、審判はお前に任せるぞ」

「は⁉　なんで私がそんなことをしなきゃならないのよ！」

「格闘術の授業が見たいって言ったのはお前だろ？」

「……分かったわよ！」

数秒の逡巡の末に、イスナが渋々とその役割を請け負ってくれた。

俺の言うことを聞くのは嫌だが、だからと言って断ってこの話がなかったことになるのはもっと困るということだろう。

「イスナ姉！　あたしはいつでもいいよ！」

「俺もいつでも大丈夫だ」

互いに準備を終えて、向かい合う。

距離はおおよそ十メルトル。

さっき教室で少しじゃれ合っただけで、その全容をこの目で確認したわけではないが、サンの身体能力があの書類に書いていた通りであるならば殆どないに等しい間合いだ。

「それじゃあ……」

イスナが気だるげに手を高く上げると同時に、サンが身を低くして構える。

その細く引き締まったまるで野生の獣のようなふくらはぎが収縮する。

「始め」

イスナの手が振り下ろされると同時に、その下半身に溜められた力が爆ぜて、一陣の風の如き素早さで一直線に俺へと向かって飛びかかってくる。

「ぶっ飛べ!!」

予想通り、サンの身体が一瞬にして俺の目の前に到達する。

そして、その右拳が俺の顎下へと向かって振り上げられる。

それをしっかりと目で捉え、慌てずに各可動部を素早く動かして上半身を反らす。

拳が俺の身体のすぐ側を猛烈な勢いで通り過ぎる。

まるで小型の台風が身体のすぐ側を通ったような風圧が、首から頭にかけてを撫でていく。

格闘には自信があると言っていいただけはある。

まともに当たれば常人なら首から上がなくなってもおかしくない程の一撃だ。

まあ、まともに当たればの話だが。

「あ、あれ……？」

完全に捉えたと思った一撃を外したからか、空振りして大きく体勢を崩したサンはその顔に大きな困惑を浮かべている。

「狙いが馬鹿正直すぎる。いくら身体能力が高くても、それじゃあ宝の持ち腐れだ」

「う、うるせぇ！　それならっ！」

サンは崩した体勢を即座に立て直すと、今度は右足を軸にして左腕に大きな溜めを作り始める。

「遅い」

攻撃を空振ったサンと違い、最小限の動きのみで攻撃を回避した俺は体勢を立て直す必要もなく、軸にした足をしっかりと残している。

そのままの体勢から、サンよりも一手先にまだ十分に戻り切っていなかったその軸足を横から足で払った。

「わっ！　わわっ！」

するると、想定外の方向から力をかけられたその足はあっさりと地面から離れ、自分の溜めた力を支える軸をなくしたサンはストンとその尻を固い地面に強く打ち付けることになった。

「いったた……なんであたし、コケたの……」

サンは自分の身に何が起こったのかも気づかずに、強く打ち付けた臀部を擦っている。

「審判？　一本じゃないのか？」

審判を務めているイスナに向かって尋ねる。

魔族界での基準は知らないが、人間界での模擬格闘戦ならあれだけ派手に尻もちをつかされた時点で勝負有りだ。

もしここが沢山の生徒がいる学校か、武術大会などの場であればサンには大きな嘲笑が浴びせられたことだろう。

「え？　あ……、何が……え？」

「おいおい、まさか見てなかったのか？」

「いや、見てたけど……え？　今、あれ……？」

イスナは唇に手を当てて、困惑の声を上げている。

その身体の隣ではいつもはその気性を表すようによく動いている尻尾も心なしか困惑しているように見える。

そんな様子からは、俺がサンの一撃を食らって軽くのされることしか想定してなかったであろうことがよく分かる。

「い、今のはなし！　あんなの全然効いてないし！　油断しただけだから！　もう一回！」

サンが地面に座り込んでいる状態から飛び跳ねるように立ち上がった。

そして、そう言いながら再び戦闘態勢を取る。

しかし、威勢のよいそんな言葉とは裏腹に強く打った部分を痛そうに何度も擦っている。

「まあ……審判が見てなかったのなら仕方ないな。イスナ、次はしっかりと見てるんだぞ？」

「え、ええ……」

そして、再び試合開始の合図が下される。

再び真っ直ぐに突っ込んできたサンを適度にいなして、足払いをかけて、転ばす。

「だから、攻撃が単調すぎる。もう少し考えて身体を動かすんだ」

「も、もう一回！」

その後もサンの攻撃が俺の身体を捉えることはなく。

「どうした？　格闘戦には自信があるんじゃなかったのか？」

「もう一回！　もー一回!!」

サンはただひたすら尻もちをつき続ける。

「そろそろ疲れてきたんじゃないか？　もうやめとくか？」

「まだ！　まだやる！」

そんなやり取りはあっという間に二十回近くに及んだ。

そして——

「もう満足したか？」

遂に起き上がる気力もなくなったのか、大の字になって地面に寝転ぶサンを見下ろしながら尋ねる。

「なんでぇ……なんで勝てないのぉ……人間なんかにぃ……」

サンは息を荒げて胸を大きく上下させながら、遂に泣きべそをかきはじめてしまった。

少し大人気なかった気もしてくるが、三ヶ月という短い期間でこの子たちを成長させるにはこのくらいの荒療治が必要になってくるのは仕方ない。

「どうしてだと思う？」

その場にしゃがんで、サンの潤んだ瞳を見ながら質問を投げかける。

「お前が……ずるしたんだ……。そうじゃないとあたしが人間なんかに負けるわけないもん……」

涙があふれるのを堪えるような震える声でサンが言った。

「……ということらしいが、審判的にはどうだったんだ？」

「……魔力を行使したような気配はなかったわね……」

審判を務めていたイスナに尋ねると、彼女は少し悩んでから不満げにそう言った。

ずるというのが魔法による身体強化などを指すのであれば、俺はそんなことは一切行っていないので当然だ。

「嘘だ……絶対ずるしてる……」

「してない。お前だってそのくらいは分かってるだろ？」

エルフという種族は魔素の感知に優れている。

俺が魔法を行使しているかどうかは自分が一番良く分かっているはずだ。

「じゃあなんで……こんな……」

「それは経験と……理合いの差だ」

「……りあい？　……何それ？」

初めて聞くその言葉に興味を持ったのか、サンは身体を起こして俺と目線の高さを合わせて尋ねてくる。

「身体の動かし方から相手との間、相手の動きに至るまで、戦闘に纏わる一つ一つのことに対してもっと頭を使えってことだ」

「頭……？　頭突き……？」

なんでそうなる……。

身体能力は抜群なのに、これでは宝の持ち腐れだ。

「全然違う、もっと考えて戦えってことだ」

「考えるの苦手だもん……」

「それは知ってる。でも考えさえすれば強くなれるし、お前もまだまだ強くなりたいんだろ？」

「……うん」

涙が零れ落ちそうになるのを堪えているのがはっきりと分かる表情のまま、サンが小さく頷いた。

「よし、それじゃあちゃんと俺の言うことを聞け。そうしたら絶対に強くしてやる。今よりももっとな」

「ほんとに……？」

「本当だ。……ちゃんと勉強も頑張ったらな」

「考えとく……」

考えとく……か。

まあ教室での態度からすれば大きな進歩だ。

「フィーア、サンの手当てをしてやってくれるか？」

「え？　あ……は、はい！」

フィーアがサンのほうへと向かって小走りでやってくる。

「サンちゃん、大丈夫？」

「へ、へーきだし。泣いてなんかないし……」

「え？　泣いてたの？」

「ち、違う！　そういうことじゃなくて！　自分で立てるから！」

フィーアが手を貸そうとしたのを跳ね除け、サンが自力で立ち上がった。

手心を加えたとはいえ、流石にあれだけ繰り返せばどこか怪我をしたかと思ったが、そうでもないらしい。流石に頑丈だ。

さて、それじゃあ次は……。

「よし、イスナ。次はお前の番だな」

審判の役割など一つも果たさずに、ただ呆然と俺のほうを見ていただけのイスナに向かってそう告げる。

「え？　わ、私⁉」

俺の言葉に対して、イスナが一瞬遅れて慌てるような反応を見せる。

「ああ、そうだ。お前も俺の座学には飽き飽きしてたんだろ？」

「わ、私は……別に……」

俺とサンの戦いを見て、自分では分が悪いと判断したらしい。

初めて会った時からさっきの教室まで見せていた態度はどこに行ったんだ、と聞きたくなるほどに腰が引けている。

「勝てば、俺の授業はもう受けなくてもいいんだぞ？」

「勝てばって……あの子が勝てなかったのに……」

イスナはそう言いながら、フィーアに付き添われているサンの方に視線を向けている。

何でも卒なくできるとは言っていたが、単純な膂力や格闘においてサン以上ということがないのは明らかだ。

つまり、今から俺と格闘での模擬戦闘を行ったとしても勝ち目は皆無ということは理解しているのだろう。

だが、逃がすつもりは毛頭無い。

「別に、サンと同じじゃなくてもいいぞ。お前の得意な分野で挑んでくればいい」

「得意な？　……本当に？」

「ああ、授業でやる範囲のことなら、なんでも受けて立つぞ」

流石に料理対決なんて言われればお手上げだが。

座学や戦闘術において、こいつらに負ける気は一切しない。

「じゃあ……ほう……」

「なんだって？　もう一度言ってくれ」

イスナが何かを呟くが、声が小さすぎて聞き取れなかった。

「やってやろうじゃないの!!　魔法よ！　ま・ほ・う！　魔法で勝負よ！」

イスナは豊かな胸を揺らしながら、俺に向かってビシっと指を突き立てて威勢よく言った。

資料には特に魔法には自信があると書かれていたので、こうなるのも概ね予想通りだ。

「魔法か……分かった。それで、勝負のルールは？」

「どっちの魔法が優れているか、それだけよ！」

「分かった。でも、それをどう客観的に判断するかだな……」

格闘と違って、魔法の優劣は客観的にはなかなか分かりづらい。

明確に勝敗をつけなければ、ここでこいつらの鼻っ柱を折るという作戦は完遂できない。

「ふむ……、では僭越ながら私が審判を務めようか？」

これまでは黙って見ていただけのアンナが一歩前へと進み出ながらそう言った。

「アンナ、頼めるのか？」

「ああ、どちらの魔法技術が優れているか……父と母の名にかけて、公明正大な審判を行うことを誓おう」

やけに仰々しい物言い。

しかし、ここまで言っておいて姉妹を贔屓するということは流石にないだろうと安心はできる。

俺とサンの戦いを見て、まだこの余裕がある態度というのは少し気になるがとりあえずは置いておこう。今はイスナだ。

「それで、どちらが先だ？」

「そうだな……じゃあレディファーストということで、イスナに譲ろうか」

「ふんっ！　私の魔法を見て、腰を抜かして逃げるんじゃないわよ！」

「ああ、大丈夫だ」

流石に無詠唱で戦略級の魔法を行使でもされない限りは腰を抜かすようなことはない。

それに若干反則気味ではあるが、イスナがどれほどの魔法を使えるのかという情報は既に知っている。

「あの木、あれを目標にするわ」

イスナが指定したのは五十メルトルほど離れた場所、広場の端にある一本の木。

「ああ、了解した」

アンナが了承すると、イスナは両手のひらを突き出してその木へと向ける。

それと同時に、イスナを中心に、周囲を漂っている魔素が渦を巻き始める。

「イグニ・サジタ・クイン――」

俺と姉妹たちに見守られる中、詠唱し、呪言をつなげていく。

詠唱が進むにつれて、魔力の渦は大きくなり、その深緑の髪は奔流に流されて大きくはためき始める。

更に着ている服もその風を孕んで、大きく翻りだす。

魔法の成否よりも、平時で既に大きく肩と胸元を露出しているその大胆な服がどうにかなってしまわないかのほうが心配になってくる。

「フーガ・フラマ・フラルゴ！」

六つの呪言をつなげ、イスナがその魔法の詠唱を完了させると、突き出した両手のひらから前方に大きな赤い魔法陣が現れる。

そして、そこから五本からなる炎の矢が射出された。

炎の矢はそれぞれが個別の軌道を描き、目標として定めた木へと向かって高速で飛翔する。

そして、本物の矢のように木に深々と突き刺さり、それを炎上させた。

「おー……お見事！」

「まだよ！　爆ぜなさい！」

小さく拍手している俺を遮ってイスナがそう叫ぶと同時に、その言葉通りに炎の矢が爆ぜた。

「きゃっ！」

爆発に驚いたフィーアが小さな悲鳴を上げる。

そして、パラパラと破片を撒き散らしながら、木の上半分は跡形もなく砕け散った。

「ふんっ……まあざっとこんなものね」

イスナはその長く綺麗な髪の毛をこれ見よがしに掻き上げながら、自慢げにしている。

気分が良くなったことで、黒い尻尾も心なしかいつもより動いている気がする。

心配していた服のほうも僅かに乱れているだけで大事には至っていない。

「なかなかやるじゃないか」

飛翔し爆ぜる五本の炎の矢《イグニ・サジタ・クイン・フーガ・フラマ・フラルゴ》。

六つの呪言を繋げた魔法、つまりは第六位階と呼ばれる規模の魔法。

魔法とはつまるところ、周囲から取り込んだ魔素を呪言を使って体内で加工し、それを放出する一連の流れを指す。

簡単に言えば、どれだけの魔素を一度に取り込めて、それをどれだけ無駄なく上手く加工できるかというのが基本的な魔法の実力になるわけだ。

この若さに加えて、魔法触媒もない生身の状態でこれだけできるのは流石に魔王の娘といったところだ。大きな口を叩くだけのことはある。

「よーし、それじゃあ次は俺の番だな」

腕まくりをして、軽くストレッチを行う。

健全な精神は健全な肉体に宿る。魔法の行使前に身体の緊張を解すのは意外と重要だ。

「あら、やるの？　今大人しく引き下がるのなら、私に馴れ馴れしい口を利いたことくらいは許してあげてもいいのよ？」

あれを見てもまだやる気があるのかと言う意味だろう。

自分がそう年齢の離れていない人間に魔法で劣るわけがない、そんな自尊心に満ちた言葉だ。

「いや、せっかくだからやらせてもらうことにする」

「そっ、まあ精々頑張りなさい」

もはや完全に勝った気でいるイスナを横目で見る。

この高慢な次女に対しては、少し大人げない勝ち方をしてその高い鼻っ柱を折ってやる必要がありそうだ。

「それじゃあ……俺はあの木だな」

まだパチパチと爆ぜるような音を立てながら燃えている木、その隣にあるほとんど同じくらいの大きさの木を指し示す。

「ああ、了解した」

アンナが了承したのを確認し、片方の手のひらを木に向かって突き出す。

「え？　片手？」

イスナが戸惑いの言葉を上げるのと同時に——

周囲の魔素を一気に取り込む。

体内で六つの呪言のイメージを形成。

それを元に魔素を加工し、増幅。

そして、一気に放出。

前方に赤い魔法陣を展開し、そこから七本の炎の矢を射出する。

後は知っての通りだ。

標的の木に刺さった七本の矢は、木を炎上、爆破。

そして、木は跡形もなく粉々に砕け散った。

「わぁ……」

「すっご……」

少し離れたところで手当てを行っているフィーアとサンが、それを見ながら驚嘆の声を上げている。

「まあ……こんなもんだな」

「ふむ、これは見事だな」

さっきの俺を真似するように、アンナがそう言った。

「それで……審判、どっちの勝ちだ？」

「ふふっ、いやフレイも存外良い性格をしているな。これでは私が審判を務める必要もなかったではないか」

アンナの言う通り、形式上尋ねはしたが本来は聞くまでもない。

矢の本数と威力だけを増やした全く同じ魔法、その優劣を比べる必要もない。

「う、嘘でしょ……。無詠唱で……片手で……私以上の……」

イスナはまだ呆然としながら、自分が標的にした上半分が砕け散った木と、俺が標的にした全てが粉々に砕け散った木を見比べている。

目を見開き、口をぽかんと開けたままのその間抜けな表情ではせっかくの美人が台無しだが、その反応もまあ仕方ない。

「ずるよ！　ずるしたに決まってるわ！　何か高純度の魔法触媒を隠し持ってるんでしょ！」

母親は別でも姉妹は姉妹ということなのか、サンと全く同じ反応を見せてくれる。

「それなら身体検査でもするか？　ほら、自分で調べてみろ」

両手を左右に開いて、好きに調べろとその身を差し出す。

ずるをしてないことは俺自身が一番よく知っている。

どれだけ調べてくれても問題はない。

「くっ、ぐぬぬ……」

俺の潔さから、すぐに何もないことを理解したのか、今度は悔しそうに唸りだした。

見下していた男に、得意分野で上回られたことでその自尊心が大きく傷ついたことだろう。

さっきまでは元気に動いていた尻尾も、今は萎えて地面を擦りそうなほどに下がっている。

これまでは魔王の娘として、その配下たちから大層持ち上げられてきたんだろうが、これからはそうはいかない。

まずは自分がまだまだ未熟であること、そして上には上がいるということを骨身に染みるほどに理解してもらう必要がある。

「さて、アンナ。お前はどうする？　勝てば授業は免除だぞ？」

黙りこくってしまったイスナを横目に、今度はアンナを軽く挑発する。

「ふむ……授業の免除というものには興味はない……が、しかしあれを見せられて、君と勝負したいという気持ちがないといえば、それは嘘になるな」

そう言うアンナの顔にはこれまでの余裕とは違う真剣な表情と、陽の光を受けて僅かに光る汗が浮かんでいるのが分かる。

「なら、どうする？　格闘術でも魔法でも、なんでもいいぞ？」

発している雰囲気、そしてその立ち振る舞いを見ても、この長女が一番の曲者なのは間違いない。

先の二人と違って授業を妨害するような気はないにせよ。俺のことをまだ心から認めていないのは同じだ。

出来る事なら、今ここで教師と生徒であるという関係をはっきりとさせておきたい。

「……しかし、二人の児戯に付き合うような形でそれをするのはいささか主義に反する。なので、その機会はまた改めて設けさせてもらうことにしようか」

俺の考えを見透かしたかのように、あっさりと躱されてしまった。

やはりこの長女が一番曲者だというのは間違いがなさそうだ。

しかし、そう言われては流石に仕方がない。これ以上の成果は欲張りというものだ。

「そうか……、それじゃあ教室に戻るぞ！　算術の続きだ！」

まだはしゃぎながら、俺が行使した魔法の痕跡を眺めているサンとフィーア。

そして悔しそうにしながらも大人しく俺の指示に従って教室に戻って行くイスナ。

それと、いつの間にか姿が見えなくなっているフェム。
アンナには上手く躾されたが、当初の目標は達したと言っていいだろう。
これであの二人も大人しく授業を聞いてくれるようになるだろう……多分。
後はこれから三ヶ月かけて、この子たちをどう成長させていくかだ。

三章

――フレイが魔王の娘たちと二度目の顔合わせをしていた頃。

ルクス武術魔法学院の校庭に、数十人の生徒たちが集まっていた。

数人単位の班が集まって組まれた方陣。

一糸乱れぬその統率は既に正規軍の一部隊と変わらないほどに完成されている。

「えー……、今日は班単位での動きを学ぶ模擬戦闘訓練を行います」

中年の男性教諭が、その前方に清冽している生徒たちに向かってそう告げる。

「えー……、今年も開催される国内の全学生を対象とした武術競技会。『フェルド武術大会』ですね。今日の訓練は我が校からの参加者を選考する意図も兼ねているので、手を抜くことのないように」

「はい！」

男性教諭の言葉に対して、整列した生徒たち、特にその大会への出場を目標としている者から大きな返事が戻ってくる。

勇者ルクスの戦友であった戦士フェルドの名を冠したその大会は今年で十度目の開催となり、これまで全てでこの学院の生徒が優勝している。

優勝者には単なる名誉が与えられるだけではなく、観戦に訪れる国内の有力者たちの目に留まり、それらと深い繋がりを得る大きな機会にもなっている。

それは名家の者にとっては家内における立場の向上に、そうでない者にとっても成り上がるための絶好の機会にある。

そのため、限られた出場枠を得ようと学内でも熾烈な争いが繰り広げられている。

「えー……、それで今から呼ぶ班の代表者は前方に。えー……まずはアリウス班！」

「はぁ～い」

気の抜けた軽い返事と共に、マイア・ジャーヴィスがその紫の髪の毛を弄りながら、ゆったりとした足取りで列の前方に躍り出る。

本来なら教師としては指導を行わなければならない態度。

しかし、国内における剣術の大家として知られるジャーヴィス家の長女に対してそれを行える者はこの学院をしてもほとんどいないのが実情となっている。

もしこの場の指揮を執っているのがフレイであれば、苦言を呈したであろうが、今指揮を執っている男性教諭は若干眉を顰めるだけに留め、何も言わずに次の班の呼び出しへと移った。

「えー……対するはフレ……ではなく、アトラ班！」

「はい！」

マイアのものとは正反対の、凛とした返事が校庭に響く。

そして列の中から、リリィ・ハーシェルがその返事に違わない毅然とした態度で前方へと進み出てきた。

そしてマイアの前方に立ち、互いに向かう合う形になる。

「あら、私《わたくし》のお相手はリリィさん？」

「そうみたいですね。お手柔らかにお願いします」

「うふふ、愛しの先生があんなことになってしまって、す～っごく気落ちしてたって聞いてましたけど、大丈夫なのかしら？」

くすくすと嘲るように笑いながら、リリィに対して挑発的な言動をマイアが行う。

リリィがフレイから特に目をかけられていた生徒であったということは学院の誰もが知っていることだった。

「ご心配なく。先生の教えは全て、私の身体に刻み込まれています」

マイアのあからさまな挑発に対して、リリィは淡々と切り返す。

「刻み込まれているなんて意味深ねぇ。あっ、もしかして……貴方もあの平民に不適切な指導をされていたのかしら……。でも、平民同士ならお似合いかもしれませんわね」

全ては自分の企てた謀略であることを棚に上げながら、マイアはくすくすと嫌味な笑みを浮かべる。

しかし、そんなマイアに対してリリィはそれ以上は何も言わなかった。


マイアがリリィに対してこれほどに悪辣な振る舞いをする理由。それは二人が入学した直後の頃まで遡る。

当時のマイアは名家の出自であることに加えて、その類まれな剣の才能から周囲の誰からも新入生の筆頭として扱われていた。

そして本人も、ジャーヴィス家の長女として生まれた自分がそうであることは当然だと考えていた。

自分に謙《へりくだ》らない者や歯向かう者に対しては、時には学内だけで収まらない手法を使ってまで追い込みをかけることもあった。

そんな増長の極みに達していたマイアの前に現れたのが、平民の出自である同級生のリリィだった。分をわきまえずに入学してきた平民に対して身の程の違いを教えよう、そう考えたマイアは剣術の授業中に行われた模擬戦の相手としてリリィを選んだ。

生まれてから常に最高の環境で、最高の教育を受けてきた最悪な性格の貴族による残虐な平民虐めが始まる。

本人を含めた誰もがそう思っていた中でマイアを待っていたのは手も足も出ない完敗。これ以上にないほどの屈辱的な敗北だった。

その敗北から間もなく、世代の筆頭だと呼ばれていたマイアの名前は消え、いつしかリリィが代わりにそう呼ばれるようになっていた。

そして、更に数ヶ月が経過すると嘗《かつ》てはマイアをもてはやしていた貴族の中からもリリィを慕う者が出てくるほどになっていた。

そして、更に月日が流れ、リリィが学内での地位を高めていく中でマイアは決意した。

あの女から全てを奪ってやると。

その手始めとして選ばれたのが、リリィが最も敬愛していた同じ平民である教師のフレイだった。

マイアの担当教諭であり、そして婚約者でもあるアリウスとも利害が一致したことによって、その謀略はいともたやすく達成された。

誰からも疑われることなく、誰にも惜しまれることなく、フレイ・ガーネットは学院からも街からも消え、リリィの心にだけ大きな傷跡が残った。

しかし、それでもマイアは全く満足しなかった。

フレイと同じようにリリィを謀略にかけて学院から追放することは容易だったが、その選択はしなかった。

マイアの心にあるのは、どんな手を使ってもリリィを自分の前に跪かせて敗北を認めさせること。そうすることでようやく失われた自尊心を取り戻すことができる。そう考えながら、マイアはリリィと向かい合う。

そして、その一方でリリィは恩師との約束を守るために絶対に負けるわけにはいかないと思いながら、マイアと向かい合う。

二人に用意された戦いの場は班と班による三対三の多人数戦を想定した模擬訓練。

頭部か胴体に一太刀を入れられるか、もしくは攻撃の手段を失った時点で戦闘不能となり、最終的に一人でも残っていた班の勝利という単純なルールの模擬戦。

「えー……、それではアリウス班とアトラ班による模擬戦を始める。両者、礼」

男性教諭が宣言すると、リリィはしっかり深々と、マイアは浅く一瞬だけ頭を下げた。

学年の筆頭を争う二人の戦いを前にして、整列している他の生徒たちも興奮を隠しきれずにただの観客と化している。

そして、互いの頭の位置が元に戻ったと同時に——

「開始！」

試合の開始が告げられた。

先手を取ったのはマイア班の三人だった。

予め決められていた一対一を三つ作るという動きで分かれ、リリィにはマイアが対応する。

そして、予め決められていた通りにリリィの班員の二人が開始の合図からすぐに武器を弾かれて戦闘不能となった。

当然、それは実力によるものではなく、ここでリリィを見捨てれば後で十分な見返りを用意するとマイアが事前に取引をしていた故の出来事である。

マイアにとって勝利とは、正々堂々とした勝負の末に勝ち取るものではなかった。

それはただ相手を自分の前に跪かせることであり、その過程には何の意味もなく、そのためならばどんな手を使っても良いと考えていた。

「あら、お仲間はもうやられてしまいましたわよ」

剣を交えながら、マイアがリリィへと声をかける。

そしてリリィの太刀筋に、以前対面した時の重さも鋭さもないと判断して更に攻勢をかけた。

自分が強くなったのか、それとも傷心のリリィが弱くなっているのか、そんなことはマイアにとってどちらでも良かった。

頭にあるのは、今がこの憎い女をいたぶり、目の前に跪かせる好機であるということだけ。

「くっ……！」

マイアの攻撃を一度大きく弾いたリリィが後方へと大きく距離を取った。

「あら、リリィさんともあろう方が逃げられるなんて……情けないですわね……。でも……もうお終いですわね……」

マイアがその紫の髪を優雅に翻しながら、ゆっくりとリリィに近づく。

そしてもう二人の班員も合流して、完全な三対一の状況になる。

見ている者の誰もが終わりだと思った。

ここからあの残忍な女による趣味の悪い見世物が始まると。

しかし、そんな窮地に立たされているリリィの頭の中にあるのは、この戦いの勝敗でも、武術大会の出場枠の事でも、ましてやマイアのことでもなかった。

先生。

先生。

先生。

フレイは今どこで何をしているのか、無事でいるのか、何を考えているのか、自分のことを忘れていないか。

リリィはただそれだけをあの時から今の今までずっと考え続けていた。

離れれば離れるほど、会えない時間が長くなればなるほどに、その想いは強く、そして重くなっていく。

リリィはあの時に貰った髪飾りに触れながら、同じく貰った言葉を頭の中で反芻した。

教えを守っていれば、必ずまた会える。

そして、再び剣を正眼に構えてマイアを含めた三つの障害に対して向かい合った。

「ぷっ……あっはっは！　まだやるつもりですの？　往生際が悪いですわね！」

勝利を確信している三人が、取り囲むようにじわじわとリリィへ近づいていく。

後は猫が瀕死のネズミで遊ぶように、ただ時間をかけてじっくりといたぶればいい。

そう考えながらマイアは、一歩、また一歩と天に至る階段を上るような気分で歩みを進めていく。

リリィが大きく深呼吸をする。

そして、両者の距離が二メルトルほどまで近づいたその瞬間――

一閃。

リリィがすれ違いざまに、三人へ数度の斬撃を叩き込んだ。

それは息を呑んで戦いを見守っていた観衆たちの目にさえ、まるで瞬間移動したようにしか見えなかったほどの神速の技。

当然、マイアを始めとした三人は反応することさえできなかった。

リリィが模擬戦用の剣を鞘に収める心地の良い音が無音の校庭に響く。

それに合わせて、マイアを挟むように立っていた二人が糸の切れた操り人形のようにその場に倒れた。

「え？　な、何……がっ……いぃっ……」

目の前からリリィが消えた状況を飲み込めずに、左右を一度ずつ見回したマイアを次に襲ったのは腹部への強烈な痛み。

それに耐えきれずに、マイアは膝から地面へと崩れ落ちた。

「今のは、有効ではありませんでしたか？」

リリィが、目と口を丸くして呆然と事態を見つめている男性教諭に向かって言った。

「え、えー……勝負有り！　フレ……アトラ班の勝利！　全員、せいれ……つは無理か。誰か！　医務室に運んでやってくれ！」

アリウス班の三人、その内の二人は完全に気を失ってうつ伏せの状態で地面に倒れている。

なんとか意識は保っているマイアも、魔法による保護がある模擬戦用の剣とはいえ金属の塊で腹部を打たれたことで強烈な痛みに襲われて、地面に膝をついて悶絶している。

リリィがそんな無様な姿を晒しているマイアの横を通り過ぎて定位置へと向かう。

「こ、こ……の……へ……み……のぶんざ……で……また……」

痛みによって言葉すらまともに紡げずにいるマイアは、勝利を我が物として優雅に歩いていくリリィの姿をただ見上げることしかできなかった。

その姿を見て、整列していた生徒たちからも揶揄と同情の入り混じった笑い声が漏れ出してくる。

「剣の大家なんて言ってるけど、ジャーヴィス家も案外大したことないんじゃないか？」

「いやいや、あれは流石に相手が悪すぎるだけだろ……」

「でも見ろよあの無様な姿、散々調子に乗ってたからいい気味だ」

「はぁ……リリィさん素敵……。どうにかして私の婿養子に迎えられないかしら……」

「婿って……それは無理だろ……」

そしてリリィはマイアに一瞥をくれることもなく、男性教諭に向かって一礼すると列の中へと戻っていった。

〝

――その日の夕方。

ルクス武術魔法学院の生徒指導室で、リリィとアリウスが小さな木造の机を挟んで向かい合っていた。

背筋を伸ばし、凛とした表情で毅然としているリリィに対して、アリウスは机の上に腕を置き、身体を少し前のめりにした詰め寄るような体勢を取っている。

「マイアくんの怪我は快復に一ヶ月かかるようだ」

「そうですか」

最初にそう切り出したアリウスに対して、リリィは特に感情の込められていない淡々とした口調で返事をした。

「心が痛まないのかい？」

「それは気の毒ですが、実戦を想定した修練中のことでしたので」

「修練とはいえ、相手を気遣うのが当然の振る舞いではないか？　それをあんなひどい怪我を負わせて……」

自分が過去に模擬戦でフレイに本気で斬りかかったことを棚に上げながら、アリウスがリリィに対して更に詰め寄る。

しかし、策を弄した上でリリィに全治一ヶ月どころではない怪我を負わせようとしていたのがマイアのほうであることをあの場にいた誰もが知っている。

修練中であったとしても、あれをやりすぎだと思った者はいない。

それがアリウス班のマイア相手でなければ。

「それで、こんな場所まで呼び出して私に何をご要望なのでしょうか？」

「そうだな……。では、マイアくんの怪我が完治するまで、彼女の世話を見てあげなさい」

お付きの侍女のように、そう続くような語調でアリウスがリリィへと告げた。

それは憎きリリィを顎で使える立場を与えてやれば、あの婚約者の機嫌も多少は治るであろうというアリウスの判断だった。

「お断りします」

しかし、それを聞いたリリィは一瞬たりとも考えることなく即答した。

「なっ⁉　自分が怪我を負わせた相手の世話を見ることすら拒否するのかい⁉」

「はい、私にその義務はありません。それはマイアさんの班員にお願いしてください」

フレイとの約束を果たすために、一分一秒たりとて無駄にできないと考えているリリィにとっては当然の返答であり、正論でもあった。

既に戦闘不能になった相手に駄目押しを行って怪我をさせたのならともかく、この事例においてはリリィに責は全くない。むしろ、本来ならば三対一の状況でありながら返り討ちにあって怪我をした側の鍛錬不足が指摘される事例である。

「はぁ……級友に怪我を負わせたあげく、その世話まで断るとは……全く嘆かわしい……担当教員に一体何を教わっているのか……」

アリウスが手で頭を抱えながら、大げさにため息をつく。

その言葉に、これまで無表情を貫いていたリリィの顔つきが一瞬だけ揺れた。

そして当然、アリウスもそれを見逃しはしなかった。

「アトラ……いや、あれの指導の結果がこれか……なるほど、ならばこうなるのも無理はないのかもしれない……」

その言葉がフレイを示していることが間違いなくリリィに伝わるように、アリウスがそう言った。

アリウスにとって、追放されて最早何者でも無くなったフレイは敗北者に他ならない。

そして、そんな人物をいつまでも慕っているリリィもマイアのこととは無関係に度し難い存在である。これを機に教育してやらなければいけない。

そう考えながら続けてアリウスが口を開く。

「これだから私は反対だと言っていたんだ……平民の採用枠なんてものは……」

それを聞いたリリィの胸中に、ある感情とあの時から抱いていた疑念がふつふつとこみ上げ始めた。

「学院長にまた進言しなければならない。このままでは普通の生徒たちに取り返しのつかない悪影響を与えてしまう……」

その言葉を聞いたリリィは確信した。

目の前にいるこの男こそが、敬愛する恩師を陥れた首謀者であることを。

「とにかくだ！　怪我が治るまで、マイアくんの面倒を見てあげたまえ！　いいな！　君もあの男のように――ぶはっ!!」

大きな声で詰め寄り、『あの男のようになりたくはないだろう』と言いかけたアリウスの顔に何かがぶつかった。

あまりに唐突に起こったそれに、完全に虚を突かれたアリウスが大きくのけぞる。

そして、顔に当たった白いそれが机の上にばさっと音を立てて落ちる。

それはまだ装着していた人物の体温が残っている純白の手袋。

「なっ、何をしている……貴様……」

アリウスは顔に手を当てて困惑しながら、机の上に落ちた手袋と、それを投げた後も平然としているリリィを交互に見やる。

「ご存知ありませんか？　古より伝わる決闘の作法ですが」

リリィはこれまでアリウス相手に一度も見せたことがない、純真な柔らかい笑顔を向ける。

「そ、それくらい知っている！　なぜそんなことをしたのかと聞いているのだ！」

困惑から一転、アリウスが自身に手袋を投げつけた少女に向かって激しい怒りを露わにする。

部屋の外にも響き渡りそうな大声。

しかし、生徒指導室は他の教員や生徒たちがほとんど来ることはない場所に設置されている。

故にその声を聞いて、誰かが駆けつけてくるといったことはない。

それが誰にとって幸か不幸かは、この時点ではまだ分からない。

「アリウス先生はどうしても私にマイアさんのお世話をさせたいようですが、私は絶対に嫌です。死んでもお断りです。それなら……これで決めるしかありませんよね？」

リリィが掃除の当番をじゃんけんで決めるような気軽さでそう言った。

「ふ、ふざけるな！　フォード家の次男たる私がこのようなことで！」

「たかが平民、それも生徒からの決闘はお受けできない……と？」

決闘は歴史的には貴族同士が揉め事の決着をつけるために行われてきたものではあるが、過去に貴族がその威を示し、従わせるために平民を相手取った事例もいくつかは存在している。

「当然だ！　貴様……こんなことをしてどうなるのか分かっているのか！」

「さあ、どうなるのでしょうか？　私も、この学院から追い出されますか？　……先生のように」

リリィがアリウスの顔をほとんど睨みつけるような力強い視線を向ける。

私は気づいているぞ、という意思を込めて。

「ぐっ……貴様、何を言って……」

「さぁ、それはご自分が一番ご存知なのではないでしょうか？　それで、お受けにならないという事はこの話はなかったことでよろしいですか？」

リリィはそう言って立ち上がり、部屋から出て行こうとする。

「ま、待て！」

生徒、それもたかが平民に舐められたままでは終われない。そう考えたアリウスがリリィを制止する。

「どうされましたか？」

リリィが振り返り、アリウスを見る。

今この場を支配しているのはどちらか、誰の目から見ても明らかな状況。

「平民のガキの分際で……あまり大人を……貴族を舐めるなよ……」

この状況を覆すには、机の上に投げ出されている手袋を取ればいい。

その上で立会人を立てた正式な決闘の下で叩きのめしてやればいい。

それで全てが丸く収まる。

アリウスはそう考えるが、発せられた強い言葉とは裏腹に、その握り拳は机の上に押し付けられて固まったまま動かない。

その理由は単純且つ明快。

自分の実力と、目の前にいる少女の実力を秤にかけて、確実に勝てる展望が一切浮かばないからである。

「ご安心ください。このことは口外しませんから、アリウス先生の名誉は傷つきませんよ」

今すぐにでも先生を返せと、アリウスに食って掛かりたいほどの気持ちを抑えながらリリィが余裕の表情でそう告げる。

そもそも平民である自分がそんなことを口外したところで、大した効力はないことはリリィも重々承知している。

それよりもこんな益もないことは一秒でも早く終わらせたい。そして、一秒でも早く鍛錬に戻りたい。それが今の自分が唯一先生のためにできることだとリリィは考えている。

「ぐっ……この……」

アリウスが苦悶の表情を浮かべながら唸る。

たかが平民によるこんな捨て身のようなやり方に良いように翻弄されるわけにはいかない。

だが、もし決闘を受けて負けてしまえば、平民に負けた貴族として歴史に名を残すことになってしまう。

そうなれば学院どころか、フォード家にも自分の居場所はなくなってしまう。

しかし、婚約者であるマイアに大見得を切ってやってきた手前、このままリリィを黙って帰すわけにもいかない。

アリウスの思考は迷宮に迷い込んでしまったかのように同じ場所をぐるぐると回り続ける。

どうすれば最小限の被害でこの状況を切り抜けられるのか、そう考えてしまっていた時点でアリウスの敗北は決まっていた。

そして――

「もういい……退出しろ……」

アリウスは顔を伏せたまま苦渋の決断を下した。まず守るべきは自分の立場であると判断して。

それを聞いたリリィは何も言わずに、机の上に置いてある手袋を掴んでそのまま部屋の外へと出ていった。

木造りの床を揺らす足音が徐々に遠ざかっていく。

そして、自分以外は誰もいなくなった部屋で、アリウスは握りしめた拳で机を強く叩いた。

四章

魔王令嬢の教育係

「それでサン様を格闘術で、イスナ様を魔法で打ちのめしたと……」

「はい……そうなります……」

机以外は何もない取調室のような部屋で、昨日と同じく対面するロゼに向かって言った。

俺の言葉をただ黙って聞いているその顔からは相変わらずどんな感情を抱いているのか非常に読み取りづらい。

しかし、狭い部屋で距離が近いこともあってか、女性が使う石鹸のような甘い香りがロゼのほうからほんのりと漂ってきていることだけはよく分かる。

「なぜ、敬語なのでしょうか？」

「いや、それは……その勢いのままについやりすぎたなー……と今更ながら反省の意を示していると いうか……なんというか……」

よく考えれば、いやよく考えなくてもいくら時間がないとはいえ、やりすぎた感がかなりある。

特にイスナに関しては結局あの後、授業が終わるまで一言も発することはなく顔を伏せて黙り込んでいた。

何を考えていたのかは分からないが、想定以上にあの子の自尊心を傷つけてしまった可能性がある。

「反省？　何故ですか？」

手元にある調査書類に何かを書きながら、ロゼは俺の顔を見てそう言った。

「いや、その……流石にやりすぎたかなと……」

「問題ありません。この調子で明日以降もお願いします」

「問題ない？　まじで？」

「はい、まじです。もっとお嬢様方の鼻っ柱を折ってくださっても大丈夫です」

ロゼは顔色一つ変えずに、また俺の砕けた口調に合わせてそう言った。

このメイドが冗談を言わないということはよく知っている。

「そうか……、てっきり大事なお嬢様たちに何をしてくれてんだってくらいは言われるのを覚悟してたんだがな……」

「その程度で心が折れるような方々ではありません。それに、教育方針に関しましてはフレイ様に一任しております。如何様にでもなさってください」

「俺に一任ねぇ……」

そう言ってくれるなら非常に楽でありがたい。

しかし、自由にできるということは当然背負うべき責任も大きくなるし、何よりなぜそこまで信頼されているのかも不気味に思えてくる。

これでもし三ヶ月後の試験で失敗したらどうなってしまうのかという考えが頭を過るが、それについては深く考えないようにしておこう。

「それでは、夕食のご用意を……と言いたいところなのですが」

「まだ何かあるのか？」

もう今日の報告は概ね終えたと思っていたが……。

「一人、紹介しなければならない者がいます」

「紹介？」

ロゼの口から出てきたのは思っていたのとは違う言葉だった。

「はい。リノ、入って来てください」

ロゼが出入口である扉の向こうにそう声をかけると――

「はいはーい！　こんにちはー！　あれ、もうこんばんはかな？　まあどっちでもいいですね！　ロゼお姉様のお呼び出しにお応えして、リノちゃんただいま見参致しましたー！　ビシッ！」

勢いよく開かれた扉の向こう側から変な奴、いやかなり変な奴が現れた。

桃色のショートヘアの中から生えた猫のような耳、そしてスカートの脇からはみ出て、ひょこひょこと落ち着きなく動きその存在感を主張している猫のような尻尾。

お調子者というのが一目見ただけで分かる顔つき。

そして、サンと同じくらいの大きさの身体をロゼと同じようなメイド服で包んでいる。

いわゆる獣人と呼ばれている亜人種だ。

実物を見るのは初めてだが、あの子たちで散々驚いた後なので今更そのことに困惑したりはしない。

それよりもこの妙な調子のほうに戸惑いを覚える。

「もしかして……これが前に言ってたもう一人の使用人か？」

「はい。これまでは少し留守にしていたので紹介が遅れましたが、私の補佐を務めてもらっているリノと言います」

ロゼが自身の隣まで移動してきたその獣人メイドを示しながら俺に改めて紹介した。

そう言えば、以前にもう一人使用人がいるという話は聞いていた。

あの姉妹のことで頭が一杯で完全に忘れてしまっていたが、まさかそれがこんな奴だったとは……。

「はーい！　どうぞよろしくでーす！」

リノはそう言いながら、手を後ろに大きく上げて一礼をした。

「彼女は主に、屋敷内の清掃などを担当しています。お部屋のご清掃が入り用でしたら、気兼ねなくお申し付けください」

「はーい！　いつでもお掃除しちゃいまーす！　あっ、でもでも〜……えっちな本はちゃんと隠しておいてくださいね！　見つけちゃったら掃除婦の掟として、机の上に並べないといけなくなっちゃうので！」

「こんな子ですが、仕事は確かですので」

「はーい！　確かでーす！」

リノは肩に馴れ馴れしく手を置きながら言う。

そのお調子者という表現ではもはや収まり切らない人となりを見ているだけでは限りなく心配だが、ロゼがそこまで言うってことは実際に腕は確かなのだろう。

一見すると相性が悪そうな二人に見えるが、この感じからすると意外と長い付き合いのようだ。

いつも無表情無感情なロゼとは真逆に、リノは部屋に入ってきてからその人懐っこい小動物的な印象の笑顔を浮かべている。

このくらい凸凹なほうが意外と相性は良いのかもしれない。

「……何か？」

「いや、なんでもない」

そんなことを考えながらロゼの方を見ていたら、逆に訝しげな視線を向けられてしまう。

その視線に、少しだけ背筋にぞっと冷たいものが走った。

「んー……優秀な人間のセンセーって聞いてたから～、一体ど～んなもやしメガネ野郎が来たのかと思ってたら～……意外と正統派のイケメンさんでびっくりしました！」

「はぁ……」

「リノちゃん、結構タイプかもー！　もしかしてもしかしてー、一つ屋根の下で暮らす間に～……恋に発展！　な～んてことになったらどうしましょー！　きゃー！　でも、ダメ！　リノにはお姉様がいるんだから！　あ～ん、でもでも～！」

俺の顔を見ていきなりよく分からないことを言いだしたリノは完全に一人の世界に入ってしまっている。

桃色なのは体毛だけでなく、頭の中までらしい。

本当に大丈夫なのか、こいつ……。

これでよく魔王の娘の世話なんて大役を任せられたな……。

「ダメ！　ダメよリノ！　深呼吸！　深呼吸よ！　ひっひっ、ふぅ……よし！　なんとか誘惑を乗り切りました！　というわけで！　お掃除以外のデリバリーなご奉仕は受け付けていませんからね！　そこのところ勘違いしないでくださいね！」

リノが俺にビシっと指を突き立てて意味の分からない宣言をする。

本当の本当に大丈夫なのか、こいつ……。

「そもそも俺は何も言ってないんだけどな……」

「え？　本当ですか？　この可愛らしい尻尾がどこからどんな生え方をしているのか気になったりしないんですか⁉」

リノが自分の尻尾を触りながら、大真面目な表情で俺へと迫ってくる。

一体これにはどう対処すればいいんだ。誰か助けてくれ。

「いや、全く思わないな……」

「こんな可愛いメイドさんに手を出そうとか思わないんですか⁉　男の夢じゃないんですか⁉」

まだまだ意味の分からないことを言いながら、互いの息が吹きかかりそうになるほどの距離までぐいぐいと詰め寄ってくる。

どう答えても藪蛇になりそうで返答に窮する。

というか、されたいのかされたくないのかどっちなんだ。いや、そもそもしないけども。

「それでは、私は夕食の準備に参ります」

ロゼはそう言って、リノの相手を俺に押し付けて行くように立ち上がり、部屋の出口の方へと向かっていく。

「どうなんですか⁉　本当は尻尾の根元がどうなっているのか気になってるんじゃないですか⁉　大人しく白状してください！　そのどす黒い性欲を解放するのです！」

「いや！　本当に気にならないから！　大丈夫だから！」

そんなよく分からない押し問答を繰り広げていると不意に――

「フレイ様、もし本当にそのような処理が必要でしたらいつでも私にお申し付けください」

想定外の方向からとんでもない言葉が耳を通り抜けた。

リノと二人揃って、全く同じ動き、ぎこちない動作でロゼの方へと顔を向ける。

「ロ、ロゼ……？」

「お、お姉様……？」

出口の前に立っているロゼは極々僅かな照れを含んだような無表情で俺の顔を数秒ほどじっと見つめてから――

「冗談です。それでは失礼します」

そう言って、間抜けな顔を並べている俺たちを置いて部屋の外へと出ていった。

「……はっ！　お、お姉様～！　待ってくださ～い！　今のは、今のはどういうことですか～!?」

それから一拍置いて、リノがロゼの後を小走りでばたばたと追いかけて行った。

「はぁ……一体何だったんだ……」

また妙な同僚が増えたことを憂いながら、あの無表情なメイドは時々とんでもない冗談をぶちこんでくるということを新たに学んだ。

――その日の夜。

フレイの部屋よりも広く、豪華な装飾品の数々に彩られた部屋。

「はぁ……」

その奥に備えられた天蓋付きの大きなベッドの上。四方に張られた薄いヴェールの向こう側で、純白のシーツの上に仰向けに寝そべっているイスナが悩ましげなため息をついた。

長い深緑の艶やかな髪がシーツの上に無造作に散らばり、薄い寝間着だけで包まれたその豊かな胸は重力に逆らい、まるで二つ並んだ厳かな山嶺のように天を仰いでいる。

「はぁ……お父様は一体何を考えているのよ……」

再度、大きなため息をつきながら、この場にいない父親に対して軽い悪態をつく。

イスナの胸中は今、ある一人の男に向けられた感情によって支配されていた。

夢魔の母と魔族の王である父の間に生まれたイスナにとって、男という生き物は自分に頭を垂れ、傅《かしず》くだけの存在であると考えていた。

そして、それはイスナの半生においてはほぼ事実として成り立っていた。

幼い頃から多くの男たちがイスナのもとを訪れては、その機嫌を取るために傅き、その美貌や才能をたたえ続けてきた。

イスナは持って生まれた魔性によってそんな男たちを手玉に取り、自分の人生を彩らせるための玩具として扱ってきた。

それに逆らおうとする者は誰一人としていなかったし、そんな気を起こさせることもさせなかった。

しかし、突如として現れた自分たち姉妹の教育係を名乗った男によってそれまで培ってきた支配の方式は木っ端微塵に打ち砕かれた。

「ほんっとうに！　なんなのよ、あいつは！」

イスナが上半身を勢いよく起こすと同時に、静寂の部屋に響くような大きな声で叫んだ。

隣には姉妹たちの部屋があることもいとわずに。

「ムカつくムカつく！　ほんっ……とにムカつくんだから！」

大きな枕を膝の上に置いて、イスナはその胸中にある大きな怒りをぶつけるように握り拳でぼふぼふとそれを何度も打つ。

イスナにとっては見下すべきでしかなかった男という存在、それも半分は夢魔の自分にとっては本来は餌でしかないはずの人間の男。

それに完膚なきまでに叩きのめされた記憶はまるで浴場のカビのようにその心中にこびりついて、あの瞬間から一時も忘れることができずにいる。

枕を手で何度打っても、その苛立ちは発散できずに、逆にその胸中にある感情だけがどんどん強くなっていく。

「絶対に、絶対に許さないいんだから……」

イスナの静かな怒声と、枕を叩く音が他には誰もいない部屋に何度も何度も響く。

「絶対に追い出してやるんだから……この私が人間になんて……」

だが、唯一尊敬している男性である父親が用意したその男を追い出すための具体的な方策がイスナの頭に浮かぶことはない。

それどころか、考えれば考えるほどにフレイと自分との間にある抗いようのない実力差だけが彼女の中で浮き彫りになっていく。

自分を遥かに上回る圧倒的な力。父親以外からは感じたことのないそれに、完全な敗北を喫したことは彼女の自尊心をズタズタに引き裂いた。

それは生まれて初めて覚えた、他者に抑圧されるという感覚だった。

そして、その感覚を覚える度にその胸の内側に火が点いたような熱さが生まれ、心臓の鼓動は早くなっていく。

「も～！　なんなのよ！　ほんとに！」

この言葉では言い表しようのない不快感に、イスナは泣きそうな声を張り上げる。

結局イスナはその日、一睡することもできずに、一晩中その得体の知れない感情をひたすら枕にぶつけ続けた。

その拭い去ることのできない屈辱感に寄り添うように、もう一つのある感情が生まれつつあることに気づかずに……。

「ふぁ……」

サンとイスナを大人しくさせた日の翌朝、あくびをしながら一人で屋敷の廊下を歩く。

昨晩はこれから先、どういう授業を行っていくべきかを考えていたせいでほとんど眠る時間がなかった。

人間の学校ならば体系化された教育要綱などがあるが、ここでは自分で全て考えなければならないので時間がいくらあっても足りない。

「……レーイ……」

今日は何をしようかと考えながら朝食を取るために食堂へと向かっていると、背後から微かに何かが聞こえた。

背後にあるのはとてつもなくながーーーーい廊下のはず。今の音は多分その端のほうから聞こえてきた。

そう考えながら、寝起きの緩慢な動作で振り返ったと同時に――

「フレーイ!!」

「ぬおっ!!」

今度は間近で聞こえた俺の名前を呼ぶ声と共に、腹部に眠気が一瞬で吹き飛ぶほどの大きな衝撃。

咄嗟に足に力を込めて、その何かに床に押し倒されないようにする。

石造りの床の上を数メルトルほど滑りながら、その大型獣もかくやというような体当たりをかましてきた物体の正体を確認する。

「……な、何をやってるんだ？」

「ん？　おはようの挨拶！」

衝撃を受けた部分、胸から腹部にかけて半ば抱きついているような格好のサンが俺の顔を上目遣いで見ながら元気よく言った。

「こんな物騒な挨拶があるか」

腰の骨が砕けてもおかしくないほどの体当たりを挨拶と称する場所があるのなら教えて欲しい。

「ふふん、それがここにあるんだよね〜」

サンは嬉しそうな、そして楽しそうな笑顔を浮かべている。

しかし俺はなぜ、昨日までは俺のことを『お前』と呼び、蛇蝎の如く嫌っていたこの子に抱きつかれているのだろうか。

昨日起こったことと言えば、この子の鼻っ柱をへし折ったくらいで、こんなに好かれるようなことをした覚えは微塵もない。

寝起きなのと相まって、この不可思議な出来事に頭がひどく混乱している。

もしかして、疲労がたまって一週間くらいの記憶が飛んでるのか……？

「ねえねえ！　早く、教えて！　昨日のあーれ！」

「き、昨日のあれ……？」

抱きついた状態から離れたサンが、今度は俺の腕を掴んで何かを催促するようにブンブンと振り回してくる。

しかし、昨日のあれと言われても全く何も思い浮かばない。

それがこんなに懐かれている原因なのか？

「うん！　あのすごいやつ！　あたし、あんなの初めてだった！」

「す、すごいやつ……？　はじめて……？」

サンの口から出てくる言葉に、自分が知らない間にこの子にとんでもない不適切なことをしでかしてしまったのかと心配になってくる。

俺は一体何をしてしまったんだ。

「なんていったっけ……えっと……えーっと……」

サンはうんうんと唸りながら、首を捻って何かを思い出そうとしている。

こんな純粋そうな子に、昨日の俺は一体何を教えてしまったんだ……。

「そうだ！　りあい！　りあいだ！」

パっと顔を上げて、目を爛々と輝かせながらサンはそう言った。

「へ？　りあい……？」

「うん！　昨日教えてくれるって言ったでしょ!?」

褐色の肌に浮かぶ、二つの綺麗なガラス玉のような目が俺の顔をじっと見つめてくる。

「あ、ああ……なるほど……理合いね。理合い……」

「昨日は言われたとおりに大人しくしてたんだからさ～いいでしょ～、ね～え～」

今度は打って変わってまるで父親か兄にでも甘えるような声を出しながら、再び腕を揺すってくる。

つまり、この子が昨日あの後やけに静かだったのは、意気消沈していたわけではなく、俺に武道を教わりたくて大人しくしていたということなのか……。

記憶が飛んでいたわけでも、何かとんでもないことをやらかしてしまったというわけでもないことが無事に判明して、大きな安堵の息が自然と漏れ出た。

「ね～え～、は～や～く～」

「まあ待て……、教えるのはいいけど朝食くらいは食べさせろ」

「え～、そんなの食べなくたって大丈夫だよ～」

一刻も早く教わりたいのか、サンは不満げに頬を膨らませながら腕を半ば引っ張るような形で俺を外へと連れ出そうとしてくる。

理由が分かったとはいえ、この唐突な態度の変化にはまだ戸惑いはある。

しかし、この人懐っこさこそが本当のサンの姿なんだろうということもよく分かる。

「ダメだ。ちゃんとご飯を食べるのも勝負に勝つための理合いの一つだ」

「えー、何それー」

「いいから食堂に行くぞ」

「ちぇっ、分かったよ……」

そうして不貞腐れながらもまだ俺の腕を力強く掴んだままでいるサンと、二人で並んで食堂へと向かった。

“

「違う違う。そうじゃなくて、こうだ。こう！」

朝食後、裏の広場で授業が始まるまでの空き時間を使ってサンに格闘術の手ほどきを行う。

「んー……こう？」

「そうだ。それを続けてやってみろ」

「難しいなぁ……」

サンが渋い顔をしながら俺が教えた動きを繰り返す。

まず教えているのは身体の動かし方。

殴る、蹴ると言った基本的な動きの一つを取っても、身体の各部位の細かい動作がいくつも織りなして出来ている。

武の理を学ぶ前に、まずはそれを何度も何度も繰り返して、その一つ一つの最適な動きを身体に染み込ませていく必要がある。

「基本は下半身だぞ。接地面を意識するんだ」

「下半身……せっちめん……せっちめんって何？」

「地面とくっついている部分のことだ……」

「ん～……難しい……」

サンは困った表情を浮かべながら、唸り声を上げている。

これまでは天性のものだけでやってきた反面、理屈を覚えることは苦手なのか、サンはかなり苦心しているように見える。

しかし、本来なら数年はかけて覚えるようなことを三ヶ月で形にする必要があるので手を抜くわけにもいかない。

「とりゃあッ！」

掛け声と共に放たれたサンの綺麗な回し蹴りが空を切る。

「わっ！　今の！　何かいつもと違ったかも！」

その言葉通り、横から見ていても今の一撃はこれまでのものと比べて格段にキレがあった。

流石のセンスと言ったところか、苦心していたように見えても飲み込みが早い。

これなら三ヶ月で俺の教えをある程度まで形にすることができるかもしれない。

「今の感覚を忘れないように続けるんだ」

「うん！」

笑顔と共に素直な、気持ちの良い返事が返ってくる。

最初こそどうなるかと思ったが、一度懐いてくれれば基本的には良い子だ。

これで他の子も同じくらい扱いやすかったら楽なんだが、そうもいかないのが現実だ。

サンの鍛錬を見守りながら、他の子たちのことを考えていると背後にある森、その中にある一本の木の向こう側から微かに気配を感じた。

「……誰かいるのか？」

その木に向かって声をかける。

「え？　どったの？」

サンは鍛錬に夢中でその気配を察知できていないのか、木に向かって話しかけた俺に対して当惑するような声を上げた。

念のために、守るような形で木とサンの間に立つ。

この子たちは魔王の娘だ。

いつ、どこから、どんな奴が襲撃してきたとしても不思議ではない。

自然の音だけが聞こえる静寂の間が数拍続いた後に、木の裏からゆっくりと人影が現れた。

「……なんだ、フィーアか……」

「あはは……、おはようございます」

少し照れくさそうな笑みを浮かべながら、四女のフィーアが俺たちの前にその姿を現した。

「そんなところで何をしてるんだ？　お前も朝から運動か？」

その身体はいつもの服装ではなく、動きやすそうな運動着に包まれている。

「えっとですね……その……実はですね……」

「実は？」

「サンちゃんと先生が廊下でお話していたのが……その……聞こえちゃいましてですね……えっと……」

「つまりは自分も一緒にやりたいと？」

まごつきながら、ゆっくりと言葉を紡ぎ出しているフィーアの先回りをする。

「えっと…………はい……」

どうやら正解だったらしい。

フィーアが若干陰になった木の合間で少し顔を赤らめながら頷いた。

「えー、フィーアもやるのー……？」

サンは口を尖らせて、露骨に嫌そうな表情を浮かべている。

「こら、そんなことを言うな。妹だろ？」

「だって、フィーアってば、すごくどんくさいんだもん」

「うぅ……やっぱりそうだよね……私が混ざったらサンちゃんの迷惑になっちゃうもんね……」

サンの言葉を受けたフィーアが、暗がりの中でしゅんと悲しそうに顔を伏せる。

「だから、そういうことを言うな。あんまり意地の悪いことを言うならお前にも教えないぞ」

「え！　やだやだ！　それはやだ！」

「ならフィーアのことを邪険にするな」

「はーい……分かったよ～……」

渋々といった様子だが、サンも了承する。

姉妹でもう少し仲良くしてほしいものだが、ここに来たばかりでこの子たちがこれまでどういう生活をしてきたのか知らない俺がいきなり深い話に踏み込むのは難しい。

それに関してはこういう場を利用して、少しずつ探っていくしかなさそうだ。

「よし、フィーア。こっちに来い。一緒にやるぞ」

「え？　は、はい……！」

そう言ってやると、フィーアは一瞬だけ躊躇ってすぐに俺たちのほうへとぎこちない小走りでやってきた。

「それじゃあ……まずはどれくらいできるのか見せてもらおうか」

側まで寄ってきたフィーアにそう告げる。

例の書類では武術の素養はないと書かれていた。

しかし比較対象がこのサンだったりすることを考えれば、そこまで壊滅的にひどいというわけでないかもしれない。

「は、はい！　が、頑張りますので、ど……どうぞご指導ご鞭撻の程をよろしくお願いします！」

「そんなに緊張しなくてもいいからな。見るだけだから、別に上手くできなくても大丈夫だぞ」

「は、はい！　が、頑張ります！」

自分で呼んでおいてなんだが、猛烈に心配になってくる。

緩すぎるのも問題だが、これだけ緊張しているのもそれはそれでやりづらい……。

「それじゃあ……そうだな……、サンと同じようにやって見せてくれるか？」

隣でまた蹴りの練習を続けているサンを示す。

普段のスカート姿なら色々と危なくてできないが、今は気合いたっぷりの格好をしているので大丈夫だろう。

「サンちゃんと同じように……は、はい！　やります……やってみせます……」

フィーアは僅かに額に汗を浮かべ、まるで死地へ赴く命令を受けた一兵卒のような表情をしている。

「ほ、本当に緊張しなくてもいいからな？　リラックスだ。リラックス」

緊張を解すための言葉をかけてやるが、フィーアはその言葉も全く届いていないのか、無言のまま身体をガチガチに強張らせている。

これ以上は声をかけても逆効果になりそうだ。

今はとりあえず事を見守るしかない……。

「い……いきます……」

大きく深呼吸をした後、咽頭を鳴らしたフィーアが構える。

そのぎこちない所作を見ているだけで、こっちまで緊張して汗が出てくる。

そして――

「えいっ！」

そう言って、フィーアが足を高く振り上げたと同時に、もう片方の接地してあった支えになるはずの足が――

「きゃあっ！」

逆にどうしたらそうなるのか聞きたくなるほどに、地面の上を綺麗に滑った。

そして、フィーアは広場全体を揺らしたかのような大きな音を立てて尻もちをついた。

「お、おい……フィーア？　大丈夫か？　ものすごい音が鳴ったぞ……」

思い切りずっこけたフィーアへと一歩近寄ってその安否を確認する。

流石にあれで大きな怪我をしたとは思わないが、それでもかなり心配になるほどの凄まじい尻もちだった。

「だ、大丈夫です……まだいけます……」

フィーアは地面に座り込んだ形のまま、震える声でそう言った。

「怪我はないか？」

「は、はい……平気です……まだいけます……」

フィーアはまるで大怪我を負っても尚戦闘続行を望む闘士のような言葉を口にしながら、強く打ち付けた尻を押さえながらゆっくりと立ち上がった。

確かに怪我はなさそうだが、ふらふらと揺れながら立ち上がるその様はとてもじゃないがまだいけるようには見えない。

「すまん、俺が緊張させすぎたな。今日は一度見学だけ――」

「もう一回です！　もう一回やります！」

「あっ、おい！」

フィーアは俺の制止が入る間もなくすぐに構え直した。

そして、再び――

「えいっ！」

声を張り上げながら足を振り上げると――

「きゃあっ！」

また足を滑らせて、全く同じ形で大きな尻もちをついた。

それも心なしか、さっきよりも更に強く。

「あーあ……だから言ったじゃん……」

言わんこっちゃないというような口調で、自分の鍛錬を中断したサンが俺たちのところへとやってきた。

「よっ……と、フィーアは本当に昔っからどんくさいんだから……」

「サンちゃん……ごめんね……」

サンがその手を取って、フィーアの身体を起こしてやっている。

辛辣なことを言っていた割には姉妹仲は悪いというほどでもないのかもしれない。

むしろ、こうなることを予見していたからこそ、やらせようとしなかったのだろうか。

「フィーア、怪我はないか？」

「はい、平気です……」

さっきと同じように尋ねると、気落ちした返事が返ってきた。

しかし、今度はまだいけるとは言わなかった。

「無理をさせて悪かったな。すまん」

頭を下げてフィーアに謝罪する。

いきなりサンと同じことをやらせずに、もう少し基本的な部分から見るべきだった。

先にサンを見ていたことと、魔王の娘だという先入観で少し無茶をさせてしまった結果になったのは反省点だ。

「い、いえ！　先生は……何も悪くないです……。ただ私の要領が良くないだけで……」

「うんうん、フィーアは昔っから運動が苦手だからなー」

「はい……。でも、ずっと苦手なままでいるのは嫌なんです……」

フィーアは更にしゅんと頭の位置を下げながら言う。

苦手な物を克服したいという気持ちはよく分かる。

しかし、さっきの様子を見た限りでは、これを克服するのはかなりの苦労を要しそうだ。

「大丈夫だ。いきなりサンみたいになるのは難しいけど、ゆっくりやっていこうな」

だが、だからと言って俺が諦めるわけにはいかない。

この道の先にこの子の得意な分野がある可能性は限りなく低いが、ここで自分には無理だという意識をもたせてしまうのは教育上良くない。

険しい道ではあると思うが、そこは長い目で見る必要がある。

「はい……よろしくお願いします……」

フィーアが女の子らしい所作でペコりと可愛らしく頭を下げる。

それから授業が始まるまでの時間を使って、サンには格闘術の基本を、フィーアには身体を動かす簡単な運動を教えた。

そして、授業開始のおおよそ一時間前――


どうしよう……これは想像以上の運動音痴だ……。

「ひぃ……ひぃ……ふぅ……」

目の前で肩を大きく上下させながら呼吸をしているフィーア。

その身体を包んでいる運動着だけでなく、頭から生えたふわふわとした栗色の髪もが茶色い土に塗れてぼろぼろになってしまっている。

準備体操程度のことしかやっていないにも拘らず、なぜこんな有様になってしまっているのかは俺にも全く分からない。

この年齢まで平穏無事に生きてこられたことが不思議になるほどの運動音痴だ。

「が、頑張ったな！」

とりあえず、そう言うしかなかった。

「はい！　頑張りました！」

フィーアから発せられたのは何かを成し遂げたような清々しい返事。

確かに長い目で見るしかないとは思った。

しかし、これでは人並みにできるようになるまで一体どれだけの月日を要するのか見当もつかない。

この道を三ヶ月で試験に合格できる形にするのはまず不可能と言っていいだろう。

「なあ、フィーア……」

「はい……あっ、ごめんなさい、ちょっと先に……」

俺の問いかけに対して、フィーアはそう言って懐から何かを取り出した。

「ん？　なんだそれ、飴玉か？」

フィーアが指先で摘んでいるそれを凝視する。

飴のような真っ赤な玉が、陽の光を反射して怪しげに輝いている。

「いえ、これは血なんです」

「ち？」

「はい、血液を持ち運びやすいように加工してもらった物なんです。私は半分だけですけど……日中はこれがないとすぐに倒れちゃうので……」

血液を加工した物。その突拍子もない言葉に一瞬だけ悩むが、すぐに答えにたどり着く。

「ああ、そういえばフィーアの母親はヴァンパイアなんだったな」

「はい、人間さんたちにはそう呼ばれているみたいです」

ヴァンパイア、魔族の中でも上位種と呼ばれる数少ない吸血種。

狡知に長け、言葉巧みに人間を誘い出し、その血を吸って力と対価に眷属とすることで有名な存在。

だと言われているが、目の前にいるこの子には欠片ほどの狡猾さも感じられない。

それどころか、人間でもこんなに素直で良い子はそういないと言っていいだろう。

しかし、この子をどういう道に進ませるかを決めるには、そういう種族的なルーツから探してみるのも悪くはないかもしれない。

「それで、何でしょうか？」

俺が考えている間に血を食べ終えたのか、フィーアが顔を下から覗き込むようにしながら尋ねてくる。

「え？　あ、ああ……フィーアは何か得意なこととかはないのかって聞きたかったんだ」

運動が不得手だということ、そしてこの子の場合はそれを克服させるよりは、何か他に得意なことがあるならそれを伸ばすべきであるということはよく分かった。

「えっと……得意なことですか……」

顔を少し伏せて、フィーアが深く思案し始める。

「得意なこと……得意なこと……」

小さな声でそう呟きながら、時折首を捻って唸り始めるが、しばらく待ってもなかなか次の言葉が出てこない。

「な、なんでもいいんだぞ……？」

「なんでも……」

どんな些細なことでも、少しは自信のあることさえ分かればそこから伸ばしていくという選択は取れる。

しかし、そう考えてどれだけ待ってもフィーアの口から返答は出てこない。

「食べることは？」

「食べること？」

俺とフィーアの会話に、サンが横から割り込んでくる。

「うん、フィーアってこう見えてものすごく良く食べるんだよね。例えば昨日も——」

「さ、サンちゃん！　先生にあんまり変なことを教えないでよ！」

「えー、だってフィーアの得意なことって言うとそれくらいしか思い浮かばないしー」

食べること……、流石にそれで試験に通るとは思わないが、フィーアが大食いだというのは意外だった。

もしかしたら血を直接生物から吸っていない分だけ、普通の食事でその欲求を満たそうとしていたりするのだろうか。

「でも、そのおかげなのかは知らないけど胸もあたしたちの中だとおっきいほうだよね……うりゃ！」

サンがそう言うと同時に、いきなり背後からフィーアの胸に付いた二つの大きめの脂肪を鷲掴みにした。

「きゃっ！　さ、サンちゃん!?　ちょ、やめ……やめてってば……んっ……」

「この～……妹のくせに私よりもおっきいの付けやがって～」

サンの手の中で、服の上からでも分かるその柔らかそうな物体がぐねぐねと形を変えていっている。

確かに服の上から比べても二人の差は一目瞭然だ……って冷静に比べてどうする。

「はぁ……甘露甘露……イスナ姉よりは小さいけど、あっちは触らせてくれないもんなぁ……」

「さ、サンちゃん……んっ……くす、くすぐったいよぉ……」

「にゃはは、やわらかいやわらか～い」

「やめ、やめてってばぁ……」

「やめてやるもんか、こんなものをくっつけてるフィーアが悪いんだぞ……あいたっ！」

半分変態親父と化していたサンの頭頂部に軽く置くような形で拳骨をぶつけた。

「仲が良いのは分かったから、そのくらいにしとけ」

「ちぇっ、はーい」

そう言ってやると、サンは素直にフィーアの身体から離れた。

サンの手からは逃れたものの、フィーアは運動をした直後と同じくらいに息を荒げてその場にへたり込みそうなくらいにクタクタになってしまっている。

仲良し姉妹同士のスキンシップは結構だが、これ以上くたびれられたら後の授業に支障が出る。

「それじゃあ、そろそろ授業だから一旦戻るぞ。二人共着替えてこい」

「ふぁ、ふぁい……しつれいしましゅ……」

フィーアが呂律の回っていない声で答えると、ふらふらと揺れながら屋敷のほうへと歩いていった。

普通に歩いているだけで時折コケそうになっているのが少し心配になる。

「ほら、サンも早く着替えてこい。しっかり授業を受けるならまた明日からも見てやるから」

「はーい……」

授業という単語を聞いて、露骨に嫌そうな表情を浮かべたサンも渋々とフィーアの後を追って屋敷のほうへと向かって行った。

想像していたよりも早く、五人の中の二人とある程度の関係を構築できた手応えを感じながら二人の背中を見送る。

「さてと……俺も一旦着替えてくるとするか……」

汗と土で多少汚れた服を見ながら一人でそう呟いて、自室へと戻った。

〝

魔王の娘たちの先生になってほしいと言われてから、今日でちょうど十日が経過した。

アンナは当初から俺のことを少し見下しているような態度を滲ませているが、授業には参加してくれている。

イスナはあの日以来、ずっと不機嫌そうな様子ではあるが、今のところは大人しくしているし、サンもその質は置いといて、一応真面目に授業を受けようとはしている。

フィーアは最初から全く変わらずにいい子で、フェムは……相変わらず謎だ。

しかし、最初こそどうなるかと戸惑ったものだが、やってみれば案外なんとかなるもので、想定していたよりかは順調に第二の教師生活は進んでいると言っていいだろう。

そして今日は、赴任してきてから初の授業がない休日。

ロゼからは特に制限もなく好きに過ごして良いと言われているので、まるで子供がそうするように
このだだっ広い屋敷の中を散策することにした。

そして、その中を探検してみて改めてその大きさを実感する。

前職時代に何度か訪れることのあった貴族の邸宅でさえ、これほどのものはそうなかった。

たった八人で生活するには広すぎるこの屋敷は、その間取りを完璧に把握するだけでまだ時間がかかりそうだ。

そんなことを考えながら所在なげに歩いていると、ある区画に足を踏み入れてしまう。

「ここは確か……」

他の場所よりも少し広い間隔で左側に扉が並ぶ廊下。

記憶が確かなら、ここから先はあの姉妹たちの居住区域のはずだ。

目の前の光景と、ロゼから教えてもらった情報に関する記憶が一致したことで足が止まる。

流石にここに入って行くのはまずいな。

ロゼからそう言われたわけではないが、自分でそう判断する。

そして、元来た道を引き返そうとした時――

ガチャっという音と共に、一番手前にある扉が開かれた。

そして、その部屋の中から深緑の髪を揺らしながら、寝間着らしい薄い衣服に身を包んだ次女のイスナが出てきた。

時刻はもう昼前だが、今しがたまで寝ていたのか重そうな瞼を擦りながらやや緩慢に動いている。

そのイスナを見て俺は――

「おはよう。今朝は良い天気だな」

一瞬だけ逡巡した上で、そう声をかけた。

露骨に嫌われているのは分かっているが、一応は教師として雇われている身だ。どんな状況であっても挨拶はすべきだし、怖じ気づくべきではない。

イスナが俺の声に反応して、ゆっくりと顔をこちらへと向けた。

続けて俺の顔を確認すると同時に、重そうに半分程閉じていた目がぐっと見開く。

「……私はあんたのことなんて絶対認めないんだから」

そして、強い意志の込められた声で俺に向かってそう言うと、すぐにぷいっとそっぽを向くように背中を向けて、無言で廊下の向こう側へと歩いていった。

参ったな……これは想像以上に嫌われている……。

その背中と、寝間着の裾からはみ出ている黒い尻尾を見送りながら考える。

あの日以降、イスナは授業には一応出席してくれてはいる。

しかし、その受講態度は相変わらず良いとは言えない。

以前のように直接的な悪態こそつかないものの、いつもどこか上の空で俺の話を聞いているのか聞いていないのかも分からないようにぼーっとしている。

加えて毎日寝不足なのか、あの切れ長の目の下にはいつも大きな隈をこしらえている。

しかし、俺に課されているのは三ヶ月後の試験において一定の成果を示すこと、態度が悪いからと言ってただ説教をして更に嫌われてしまえば、その目標からはより遠ざかることになってしまう。

どうにかして俺のことをある程度は認めさせる必要があるが、この短い期間でそれが達成できる妙案というのはそう簡単に思い浮かばない。

「さて……どうしたもんか……」

あの時のようなパフォーマンスを何度もやるわけにはいかないし、行き過ぎると俺個人に対する恐怖を植え付けてしまうようなことにもなりかねない。

そうなると考えられるのは……。他の姉妹からの説得か、もしくは更に上の立場の誰かに——

そんなことを考えながら敷地内を適当に歩いていると、いつの間にか表の庭園にたどり着いていた。

「ふぁ……、気持ちいいなぁ……」

程よい心地よさの風、それが運んできた花の甘い香りが身体を包むと自然にあくびが零れ出た。

身体のあらゆる感覚によって、綺麗に彩られたその庭園を満喫していると、日頃溜まった心身の疲れが芯から抜けていっているのが分かる。

確かこの庭園はロゼが手入れしていると言っていたが、一人でここまで綺麗に手入れしているのは流石としか言いようがない。

そして、あの無表情なメイドの顔を思い出しながら、本人に代わって色々な表情を見せてくれる庭園をぼーっと眺めていると——

「——さ〜い」

風に乗って、どこかから声が聞こえてきた。

「――くださ～い」

困っているような声が何度もこだまする。

その女性らしき謎の声はどうやら俺が連れてこられた時に通った正面入口の方から聞こえてきている。

こんな場所に来客か？　それとも、誰かが迷い込んできたのか？

誰が何の目的でやってきたのかは分からないが、聞いてしまった以上は無視するわけにもいかない。

少しの警戒心と共に、声が聞こえてくる方向へと歩を進める。

「ごめんくださ～い！」

そして、少しおっとりとした口調のその声がはっきりと聞こえる距離にたどり着いた。

閉じられた立派な正門の向こう側には、この位置からでもはっきりと分かるほどに立派な双丘を持つ女性が立っていた。

「ごめんくださーい……」

どれだけ呼んでも誰も来ないからなのか、その語気が徐々に弱りつつあった中――

「あっ！　そこのおにいさ～ん！　こっち来て～！」

気づかれてしまった。

仕方がないので、少し速めに歩いてその側まで近寄る。

そして、近くまで寄ってまず目に入ったのは、露出度が高めの服装と、そこから上半分ほどが露出した大きな胸、圧倒的な双丘だった。

その比較対象としてまず思い浮かんだのがイスナだが、この女性のそれはイスナの物よりも更に大きい。

「こんにちは～」

謎の女性が門の柵越しに俺に向かって丁寧に頭を下げて挨拶をくれる。

「どうもこんにちは。それで……どちら様でしょうか……？」

柵越しに女性に話しかける。

年齢は俺よりも少し上くらいだろうか、胸部以外には鮮やかな薄い緑色の髪の毛とその横から生えている巻いた羊のような角が特徴的だ。

魔族と相対することにもう慣れてしまったのか、それを見ても動じなくなっている自分がいる。

「怪しい者じゃなくて～ちょっと中に入りたいだけなんですよ～」

「ちょっと中にって言われてもですね……」

「ちょっとだけでいいから～入れ……って、あら……貴方……」

謎の女性はその口調から受ける印象通りの少し垂れた細い目で、じっと俺のことを見つめてくる。

そして、俺の顔を確認するようにぐっと顔を近づけてくる。

花の蜜のような甘い香りが漂ってくる。

その香りは鼻腔を通り抜け、まるで脳を直接溶かしてくるような感覚を与えてくる。

「もしかして……貴方が、例の先生かしら～？」

「え？　は、はい……まあ……」

「あっ！　やっぱりそうなんだ～！　うふふ、どんな人なのか～心配だったけど～可愛くて美味しそうな先生ね～」

「お、おいしそう⁉」

可愛いはともかく、美味しそうってのは人を形容する言葉なのか？

「うふふ、かわいい～。ねえねえ～、可愛い先生さん。ここ、開けてもらえないかしら～？」

女性は妙に色っぽい所作で門を指差している。

「いや、そうは言われましても……」

悪い人ではなさそうだが、だからといって俺の一存で知らない人物を敷地内に入れるわけにはいかない。

「娘に会いに来ただけなの～。ね、お願い～」

「娘？」

その言葉を聞いてから、改めてその姿を確認する。

緑系統の髪、頭の横から生えた角、そしてこの色気と圧倒的な双丘。

「もしかして……イスナの……？」

「ぴんぽーん！　だいせいか～い！　イスナちゃんのお母さんで～す！」

イスナの母親を自称した女性は片手の指を二本立てて、柵の向こう側から俺に向かってそう主張してきた。比較対象に自然とイスナのことが思い浮かんだのはそういうことだったのか……。

しかし、色んな意味で若いな……。

あの年の娘がいるということが事実だとすれば、どれだけ少なく見ても俺より十歳以上は年上のはずだ。

しかし、目の前にいる女性の見た目は俺より少し上くらいにしか見えない。

魔族だからなのか、それともこの人が特別なのかは分からないが、とにかく見た目も性格も若い。

「ね～え～お～ね～が～い～、い～れ～て～」

まるで恋人に甘えるような声で懇願してくる。

確かに見た目はイスナと共通する部分が多いが、性格のほうは全くと言っていいほどに似ていない。

「いや……いくら頼まれても……」

確かに似てはいるが、イスナの母親というのが本当かどうかはまだ俺には分からない。

ここで俺が勝手な判断を下して、もし何か問題があったら大事になる。

とりあえず、ここはロゼに判断を仰ぎに――

「あれー？　誰かと思ったらエシュル様じゃないですかー」

行こうと思った時、背後から声が聞こえた。

「あっ！　リノちゃ～ん！　お久しぶり～！」

女性が俺の肩越しに、背後から聞こえた声の主に向かって大きく手を振りながら返事をした。

声の聞こえた方向に振り返ると、木製の箒を持ってこちらへと歩いてきているリノがそこにいた。

「お久しぶりでーす……って、あれれ？　フレイ様もいるじゃないですか」

「ああ、リノか……。いや、この人が中に入れてくれって言っててだな。入れてもいいもんなのか、ちょうどロゼに聞きに行こうとしてたんだが……」

「ふむふむ、なるほどなるほど……」

俺の前までやってきたリノが頭から生えた猫耳をピクピクと動かしながら言う。

「あらよっと！」

そして、そのまま扉のとこに付いているレバーに全体重をかけるように押し下げた。

金属の軋む少し嫌な音が鳴り、門がゆっくりと開かれる。

「はぁ〜やっと入れた〜。リノちゃん、ありがと〜」

「いえいえ、お安い御用ですよー」

リノは得意げにそう言う。

そしてイスナの母親を名乗った女性が完全に敷地内に入ったことを確認すると、今度はレバーを持ち上げて、正門を閉じた。

「……入れても良かったのか？」

女性には聞こえないように、リノにだけ聞こえる声で尋ねる。

「そりゃあ、もちのろんですよ。この方が誰なのか知らないので？」

「逆に知ってると思うのか？」

「まあそうですよね。えー……では、僭越ながらこのリノがご紹介させていただきます！　こちらはエシュル様！　ハザール様の奥方で、イスナ様のお母上！　つまりはＶＩＰ中のＶＩＰです！」

「は〜い、エシュルで〜す。お手間をかけさせてしまってごめんなさいね〜」

「い、いえ……こちらこそ……」

謎の女性改め、イスナの母親へと向かって頭を下げる。

どうやらイスナの母親というのは事実だったようだ。

となると今度は知らなかったとはいえ、雇い主の妻を門の外で立ち往生させてしまったことになる。

穏やかそうな人で助かったが、もしそうでなければ大問題になっていたかもしれないのでぞっとする。

「それで、こちらはフレイ様です。若干の貧乏臭さはありますが、実は凄腕の先生です！」

「改めて、はじめまして、このお屋敷でご息女方の——」

「うん、よろしく〜」

リノの妙な紹介に合わせて改めて挨拶をしている途中で遮られる。

見た目の口調やおっとりさに反して、意外とせっかちな人なのかもしれない。

「それでエシュル様、今日は何のご用事で？」

「えーっと……今日はねぇ、イスナちゃんの様子を見に来たの」

エシュルさんは穏やかな笑みを浮かべながらそう言った。

失礼だが、やはりイスナとは似ているようで全く似ていない。

「ほほう。それはそれは……。では、私がイスナ様の所へご案内しましょう。どうぞこちらへ〜」

「ううん、大丈夫。リノちゃんはお仕事の続きをしてて〜」

「ほえ？　でも、ここに来るのは初めてでは？」

「うん、はじめて～」

「では、やはり案内が必要なのでは……？」

「そこはだいじょ～ぶ。だって、ほら先生に案内してもらうから～」

「おお！　それはなかなか良い案ですね。ちょうどフレイ様は今日、お休みで暇を持て余していそうですし」

「え？　お、俺？」

突然のご指名に素っ頓狂な声が漏れ出てしまう。

「はい、よろしくお願いしま～す。うふふ」

エシュルさんは顔に柔和な笑みを浮かべながらそう言うと、俺の腕を取ってそれを抱きしめるように自分の胸元へと押し付けてきた。

程よい弾力と、ふわふわとした柔らかさ、未知の感触が俺の腕を包み込む。

「ちょ、ちょっと！　お、奥方様!?」

「も～……そんな畏まった呼び方じゃなくって、エシュルって呼んでもいいのよ～？」

「それではお気をつけて～」

俺が案内することはもう決まってしまったのか、リノは手を振って見送るような所作をしている。

「お、奥方様。とりあえず、その……う、腕を……」

「うふふ、照れちゃってかわいい。それじゃあ行きましょ～」

「あの腕を……」

エシュルさんは俺の話を全く聞こうともせずに、腕をがっちりとその胸に抱え込んだまま、屋敷へと向かって歩き始めた。

〝

「イスナちゃ～ん！　会いたかった～！」

「お、お母様!?　なんで!?」

エシュルさんを今朝迷い込んだイスナの部屋へと案内したところ、偶然本人と出くわした。

そして、エシュルさんはイスナの姿を見るや否や、そのもとへと駆け寄って抱擁した。

イスナは突然のその訪問に対して、明らかに困惑している。

門の前で立ち往生していたのからも分かっていたが、やはり何の約束も取り付けずに来ていたようだ。

「イスナちゃんに会いたくて来ちゃったぁ」

「会いたくてって……お父様にはなんて……」

「えっと……あの人には内緒で来ちゃった、えへっ」

エシュルさんは舌先を出しながらはにかんでいる。

その姿はどう見ても十七歳の子供がいるようには思えない。

「内緒って……試験が終わるまでは会うなって言われてたじゃないの……」

「だって、会いたくなっちゃったんだもん……」

まるで子供のような言い訳を繰り出すその幼い大人に対して、イスナは諦めの色が濃い表情を浮かべながら大きなため息をついている。

この場面だけ見ていると、一体どっちが保護者なのか分からなくなってきた。

「バレたら怒られるわよ……もう……。それより――」

イスナの視線が、そのやり取りを少し後ろから見ていた俺の方へと向けられる。

そのジトっとした訝しげな視線からは、何故お前がここにいるのかと思っているのが明確に伝わってくる。

「いや、正門のところで偶然会ってだな……」

「そうなの、それでここまで案内してもらったの～。ね？　せんせ？」

エシュルさんはそう言いながら、イスナから身体を離すと、また俺の腕を取ってそれを胸元へと抱え込んできた。

再び、弾力と柔らかさを兼ね備えた未知の感覚に腕が包み込まれる。

「ちょ、ちょっと……！　エシュルさん！」

「お、お母様!?　ちょっと！　何をやってるのよ！」

「何って……、先生と親睦を深めてるの。うふふ～」

そして今度は更に過激に、肩に頬ずりするような形でくっついてくる。

立場上、無理やり引き離すこともできないので非常に扱いに困る。

生徒の親、しかも人妻、それも魔王の嫁ときたもんだ。どう対応すればいいのかという点においては、五人姉妹よりも遥かにやりづらい。

「お母様！　はしたないわよ！」

「だって～、先生ってば可愛いんだも～ん」

どれだけ娘にきつく当たられても、エシュルさんは俺から全く離れようとしてくれない。

マイペースすぎる……。そして、もし他の四人の母親もこんなのだったら俺の身体は保つ気がしない。

「いいからっ！　もう！」

「あっ、あ～ん……」

イスナが母親の身体を引っ張って、無理やり俺から引き剥がした。

引き離されたエシュルさんは名残惜しそうに手を伸ばしてくるが、俺としては助かったという気持ちしかない。

「あんたも！　デレデレしてるんじゃないわよ！」

ただでさえ若干きつい印象を受けるその目を更に吊り上げて、今度は俺へと怒りの矛先を向けてくる。

「い、いや俺は別に……」

デレデレなんてしてない。してなかったはずだ……多分。

「こ～ら、イスナちゃん！　先生のことをあんたなんて呼び方しちゃ……めっ！」

「わ、私はこいつのことなんて……」

「イスナちゃん、お父様の選んだ先生なのよ？　ちゃんと言うこと聞かなきゃダメよ？」

「うっ……そんなこと、言われたって……」

突然母親っぽくなったエシュルさんがイスナへと詰め寄り始める。

俺としては悪くない雰囲気だ。

思いがけない状況だが、上の立場であるこの人から言ってもらえればちゃんと俺の指導を受けてくれるようになるかもしれない。

「と、とりあえず！　部屋に入って話しましょう！　ほら！」

この場では状況が悪いと判断したのか、イスナが自室へと母親を押し込み始めた。

「それじゃあ……俺はこの辺りで……」

流石にイスナの部屋までついて行くわけにはいかないし、これ以上はついて行く理由もないので、エシュルさんへと向かってそう告げる。

「あ、は～い。色々とありがとうございました～」

エシュルさんはそう言いながら、まるで狭い収納の中に布団を仕舞う時のように部屋へと押し込まれていった。

二人が部屋の中へと入ったのを見送ってから自室へと向かう。

休日のはずが、普段の授業がある日よりもえらく疲れた……。

――エシュルさんをイスナのもとへ案内してから数時間後。

いつもの時間に、いつもと同じようにロゼから夕食の呼び出し……のはずが、今日はなぜかいつもとは違う場所へと通された。

「あれ？　今日はいつもの場所じゃないのか？」

いつもは実質的に俺専用と化していた部屋で一人寂しく食べていた。

しかし、今日案内されたのはあの子たちの居住区域の付近にある一室。

「はい、今日はこちらになります」

なんだか妙な予感というか、嫌な予感がしてきた。

そんな俺の不安を他所に、ロゼがいつものような丁寧な所作でその部屋の扉を開いていく。

「あっ、やっと来た～」

今日の昼間に聞いたばかりの、あの間延びした声が聞こえてきた。

視界の正面、部屋の中央には縦に長い大きなテーブル。

その右側の中央付近に座っているエシュルさんが、俺に対して手招きをしている。

そして、エシュルさんの右手側、つまり俺から見て奥側にはイスナが座っていて、その反対側、俺から見てテーブルの左側には他の子たちが年齢の順番に奥から並んでいる。

「あっ、フレイだ」

エシュルさんのちょうど対面に座っているサンが抑揚のない声でそう言った。

「こ、これは……どういうことなんですか？」

「今日はみんなでご飯食べよってお話になって〜、それなら先生も呼びましょうって。ほら〜、こっちこっち〜、先生のお席はここで〜す」

ニコニコと朗らかな笑みを顔に浮かべて、隣の席へと手招きしてくる。

「はあ……」

本当に今日は困惑するようなことばかりだが、ここでずっと突っ立っているわけにもいかないので、とりあえずはその誘導に応じる。

そして、席に着くとすぐにロゼとリノの手によって数々の料理がテーブルの上に配膳されていく。

「わ〜おいしそ〜。ほらほら、ロゼちゃんとリノちゃんも座って座って〜」

「はーい！　ご相伴にあずかりまーす！」

「失礼します」

そう言って、ロゼとリノが並んで俺の左側に座った。

主人たちと侍女、それに加えて別人種の家庭教師が同じテーブルに着くというよく分からない状況が完成し、よく分からないまま食事の時間が始まった。

「ん〜〜〜、おいし〜〜〜〜」

右隣にいるエシュルさんが、落ちそうな頬を支えるように手で押さえながら舌鼓を打っている。

「お、美味しいです。うぅ……美味しすぎて、手が止まらないです……」

俺の正面に座っているフィーアは目の前に並んだ料理の数々を手際よく端から順番に口の中へと運んでいっている。

前にサンが言っていたように、なかなか気持ちの良い食べっぷりだ。

その隣ではサンもそれに負けない勢いで食べていて、その隣では背筋をピンと張って食事中でも姿勢の良いアンナがゆっくりと食べている。

この子たちと並んで食事をするのはここに来て初めての経験だが、こうしていると授業だけでは分からない顔もじんわりと見えてくる。

「先生、ど～お？　美味しいかしら～？」

エシュルさんが食事の手を止めて尋ねてくる。

その顔には何か意味ありげな表情が浮かんでいる。

「え、ええ……美味しいですよ」

「うふふ～、それなら良かった～。でも～、何かいつもと違わないかしら～？」

更に顔を近づけて尋ねてくる。

「いつもと違うこと……ですか？」

「うん、先生は気づいてるかしら～？」

そう言われて少し考えると、一つの事が頭をよぎる。

「そう言われてみれば……いつもと味付けが違うような……」

「ぴんぽーん、大正解～。実は今日の料理長は～ロゼちゃんじゃないのよ～」

「ということは、今日はエシュルさんが……？」

「ぶっぶー、それは外れ～」

それは違ったらしい……となると……。

向かい側で気持ちのよい食べっぷりを見せてくれているフィーアとサンは絶対に違う。どう見ても食べる方専門だ。

左端でローブ越しに食器を掴んで器用に食べているフェムも多分違うだろう。

「ちなみに、私でもないぞ」

会話を聞いていたのか、視線を向けたと同時にアンナに否定される。

つまり、答えは消去法的に……。

エシュルさんの向こう側へといるこの人の娘へと視線を向ける。

「もしかして、イスナが作ったんですか？」

「ぴんぽ～ん！　だいせいか～い！」

俺の答えに対して、今日一番の笑顔と共にそう言った。

「イスナちゃんのお料理ってすっごく美味しいでしょ～？」

「はい、美味しいですね。すごく」

淀みなくそう答えて、料理を一口食べる。

口の中いっぱいに芳醇な味わいが広がる。

普段食べているロゼの料理は、どこか懐かしさを感じる家庭料理的な味わいの美味しさだ。

しかし、イスナの作ったこれらはまるで宮廷勤めの料理人が作ったかのような洗練された完成度がある。

得意だということは例の書類を見て知っていたが、まさかここまでの物だとは思わなかった。

「良かったわね～イスナちゃん。先生も美味しいって～」

「そう……」

その言葉に対しても、イスナは何の感慨も無さそうなムスっとした表情で食事を続けている。

「今日はどうしてイスナが？」

「私が食べたかったからって言うのもあるけど～、せっかくだから先生にもイスナちゃんの手料理を食べさせてあげようかな～って思って～。はい、あ～ん……」

会話の途中で何の脈絡もなく、スプーンに乗せた料理を俺の口へと向かって運んできた。

「そ、それは流石に……」

「え～……どうして～……？」

「どうしても何も……」

流石に教え子たちの前でそれは恥ずかしすぎる。

「も～……照れちゃって～、可愛いんだから～」

少し不貞腐れるようにそう言うと、俺の口元へと向かってきていたスプーンが途中で引き返された。

本当にこの人の相手は疲れる……。

そもそも一体俺をどうしたいんだ。単に若い男をからかっているだけなのか、それとも何か別の意図があるのか。

この子たちと接しているうちにすっかりと感覚が麻痺してしまっているが、イスナの母親ということは正真正銘純度百パーセントの夢魔だ。

人間の若い男なんてのは新鮮な餌程度にしか思っていない可能性もある。

改めてそう考えると、その朗らかな笑顔の裏に何か不気味な意図があるように思えてくる。

「それじゃあ～、あ～んの代わりに～、一つ聞いてもいいかしら～？」

「な、なんでしょうか？」

間違いなく碌な質問ではない。

そう確信すると自然と身体が強ばる。

エシュルさんはその豊かな双丘を揺らしながら、座っている椅子ごと俺のほうへとゆっくり身体を寄せてくる。

「先生は～、どんな女の子が好みなのかな～って」

そして、艶のある小さな声でそう囁いた。

「こ、好みですか？」

「うん、好きな女の子のタイプはどんな子なのかな～って」

エシュルさんはそう言いながら、スプーンの上に乗った料理を妙に色っぽい所作で口に含んだ。

室内が妙な静寂に包まれる。

さっきまではものすごい勢いで料理を食していたサンとフィーアも何故かその動きを止めて、俺の答えを待つかのように静かになっている。

「胸が大きな子かしら～？」

「いや……俺はその～……今はそんなことを考えるような身分じゃないと言いますか……」

「それとも～料理の上手な子かしら～？」

はぐらかそうとした俺に対して、その双丘をぐっと近づけてきながら更に問い詰めてくる。

「それともそれとも～、いつもムスっとしてるけど、なが～い綺麗な深緑の髪の子かしら～？」

なんだその具体的な誘導じみた問い詰め方は……。

「お二方～、何か面白そうなお話をしてますね～」

ロゼの向こう側で、これまでは大人しく食事をしていたリノが遂に会話に参加してきた。

まずい、エシュルさん一人だけでも苦労していたというのに、こいつまで乗っかってくると間違いなく収拾がつかなくなる。

「うふふ、リノちゃんはどう思う～？　先生ってどんな子が好きなのかしら～？」

「そうですねぇ……。この可愛い可愛い私に全く興味を示さなかったことを踏まえると……フレイ様はずばり！　乳です！　巨乳好きです！」

リノは薄い胸を張って自信満々そうに答えた。

「あ～！　やっぱりそうなんだぁ！」

「いやいや、違いますからね……」

「えー、違うんですかぁ？　でも、その割にはさっきからエシュル様の胸元をちらちらと見ているような……」

「え～？　ほんとに～？」

「いえ、断じてそんなことは……」

そんなには見ていないはずだ、多分。

「でも～、先生ならもっと見てもいいんですよ～？　ほらほら～、なんなら触ってみますか～？」

エシュルさんはそう言いながら、更に胸を強調して俺のほうへと身体を寄せてくる。

「ちょ、ちょっと……エシュルさん……食事中なんで……」

「うふふ、照れちゃって～可愛い～」

この人の相手は立場以上にやりづらい。

まさか自分がここまで女性に対して免疫がないとは思わなかった。

こんなことなら訓練時代にそういう経験もしておくべきだったのだろうか……。

「……お母様、食事中にはしたないわよ」

「あ～ん、怒られちゃった～」

若干の怒気を含んだイスナの声に咎められて、エシュルさんは反省しているのか、していないのかよく分からない様子で俺から離れていった。

助かった……。

心の中でイスナへと向かって感謝をするが、イスナ自身は母親の行儀の悪さを忠告しただけで、俺を助けたつもりなどは毛頭ないのか黙々と食事を進めている。

「ねえねえ、それじゃあ～イスナちゃんはどんな男の人が好みなのかしら～？」

「わ、私は男なんて興味ないわよ！　寄ってくる男なんてみんな、弱いし……頼りないし……」

イスナは少し口ごもりながら母親の質問に答えた。

その言葉の途中で、一瞬だけ俺のほうを見た気がしたのは気のせいだろうか。いや、多分気のせいだな。

「も～、イスナちゃんはいっつもそうなんだから～」

「逆にお母様は奔放すぎるのよ……若い男を見つけたら、いつもそうなんだから……」

「え～、だって可愛いんだも～ん……」

「はぁ……もう……」

イスナは呆れたような大きなため息をついている。

さっきまで相手をしていた俺としてもその気苦労はよく分かる。

イスナが今の性格になったのは、もしかしたら近くでこの母親を見てきたからなのかもしれない。

「じゃあ次は～アンナちゃん！」

まるで下町にある路地裏の安酒場にいる酔っ払いのように、今度はアンナへと絡み始めた。

「私ですか？」

「うん、アンナちゃんがどんな人が好みなのかしら～？」

「ふふっ、愚問ですね。エシュル様……私の理想の男性像はただ一つです」

アンナの口から意外な言葉が出てきた。

失礼だが、この手の話題とは一番縁のなさそうな場所にいる印象だった。

「それは当然、父上だ！　強く！　勇敢で優しく！　民や部下からの信頼も厚い！　偉大な統治者！

まさに私にとって理想の男性像に相違無い！　唯一欠点があるとすれば……他の全ての男性が凡夫
……いや、それ以下に見えてしまうことくらいだろう」

勢い良く椅子から立ち上がって演説を始めたアンナの姿に呆気にとられる。

他の子たちやエシュルさんも同じ所感を抱いているのか、半ば放心状態でその様子を眺めている。

「ふむ……少し興奮しすぎたな。食事中に失礼した」

そう言うとアンナは何事もなかったかのように着席した。その顔にどこか満足げな表情を浮かべながら。

……意外だ。

まさかアンナにこんな一面があったとは……。

ファザコンと言ってしまえば少し聞こえが悪いが、いつもどこか達観しているような雰囲気を漂わせているこの子にも年齢相応のところがあるということが分かったのは意外な収穫と言うべきだろう。

「うふふ、アンナちゃんはこ～んなに小さい時から、ダーリンにべったりだったもんね～」

アンナのことだけでなく、エシュルさんは旦那、つまりは魔王のことをダーリンと呼んでいるということ
うどう反応していいのか分かりづらい情報も手に入った。

「じゃあ次は～、サンちゃん！」

「むぁ？　わふぁひぃ？」

口いっぱいに料理を頬張っているサンが視線を料理のほうから質問者のほうへと向ける。

「うん、どんな男の人が好きなの～？」

「んー……強い奴！」

そして、料理を一気に飲み込んだかと思えば短くそう答えた。

「うんうん、強い人って素敵よね～。ダーリンとかダーリンとか」

「父様もそうだけど、フレイも強いから好きだよ。うん」

「あら、やだ～！　サンちゃん、そうなの～？」

「うん、本当にすっごい強いもん。毎日足腰が立たなくなるまで激しくやられちゃってる！」

「ええ～⁉」

「フ、フレイ様⁉　それはどういうことですか⁉　あれとかこれとか詳しく説明してください！」

エシュルさんとリノはその言葉を聞いて、驚いた様子を見せた直後に、目を爛々と輝かせて俺のほうを見てくる。

「やだぁ……先生って意外と……」

「ち、違います！　そういう意味じゃなくてですね！」

二人に朝の訓練のことを懇切丁寧に、一切の誤解の余地が生まれないように説明した。

「な～んだ、つまんないの～」

「つまんないですね～」

説明し終えると、エシュルさんとリノは言葉通りつまらなさそうに口を尖らせた。

「当たり前じゃないですか……」

仮にも教師として雇われている身分で、生徒に手を出すようなことがあるわけがない。

しかし、直接の血縁関係でないとはいえ娘の妹に当たる子が毒牙にかかっていなかったことを安心するわけでなく、つまらないと言ってのけるとはますます変わった人だとしか言いようがない。

それにサンが俺のことを好きだと言ったのも、そういう男女の意味ではないというのは明らかだ。

その証拠に、サンはその発言をした後も全く変わった様子を見せずに再び料理にがっつき始めている。

「サンちゃんにはちょっと早かったかしら……。じゃあ次はフィーアちゃん！」

「わ、私ですか!?」

その矛先は留まることを知らずに、今度は目の前で空き皿を積み重ねているフィーアへと向けられた。

自分が聞かれるとは思っていなかったのか、フィーアは食器を手に持ったままあたふたと慌てふためき始めた。

「そんなに難しく考えなくていいのよ～」

「えっと、その……私はその……誰かを選べるような立場ではないので……」

フィーアは言葉をつまらせながらそう答える。

なんというか、相変わらず自己評価がとことんまでに低い子だ。

「も～、フィーアちゃんだって可愛いんだからもっと自信を持たなきゃダメよ～？」

「あはは……」

「あれ、でもフィーアのこの前さあ、フ――」

「ちょ、ちょっと！　サンちゃん！　変なこと言わないで！」

「え、変なことって？　ただフィーアがフレイのことをやさし――」

「い、いいから何も言わないで！」

フィーアは珍しく声を荒らげながら、サンの口から漏れ出てきている言葉を止めようとしている。

なぜか俺の名前が出たような気がするが、本人が聞いてほしくなさそうな反応しているので深くは考えないようにしてあげよう。

「ん～、その話もちょっと気になるけど～次は～」

そして遂に五人目のフェムへとその矛先が向いた。

「フェムちゃんは……」

それに反応して、ちまちまと食事を進めていたフェムがその動きを止めた。

大きなローブに包まれていてその顔は見えないが、視線がエシュルさんのほうを向いているのは何となくだが分かる。

遂に何か意思表示をするのかと、俺まで緊張してくる。

そして――

布越しにグっとその手を突き出した。

「あら～そうなの～」

その所作からエシュルさんは何かの意図を汲み取ったのか、嬉しそうにそう言った。

それに対して、フェムの頭が頷いたように僅かに動いた。

分からない……さっぱり分からない……。二人だけの間で伝わる暗号のようなものだったんだろうか……。

「はいはいはい！　次は私！　私に聞いてくださーい！」

二人のよく分からないやり取りの間に、小うるさい獣人のメイドが割り込んでくる。

「あら、リノちゃんはどういう男性が好みなのかしら～？」

「お金持ちのイケメンです！」

「じゃあ最後は先生ね～。ずばり！　先生はどんな女の子が好みなのかしら～？」

「え！　エシュル様!?　私には何かないんですか!?」

再びその矛先が俺へと返ってくる。

リノが何やら喚いているが、エシュルさんは全く気にしていない。

「好み……ですか……」

全員の注目が再び俺へと集まる。

教え子たちが答えた後だ、俺も答えなければいけない空気は完全にでき上がっている。

「やっぱり乳ですよ！　乳！　そうじゃないと私になびかなかった理由がありません！」

横から入ってくるリノの茶々を無視して、自分のことを考える。

好みの女性のタイプ。

そんなものを深く考えたことはこれまでにほとんどなかった。

いや、自己鍛錬が大半を占めてきたこの人生において、そんなことを考える暇はなかったというのが正しいのかもしれない。

右側に座っているエシュルさんはまるで子供のように目を輝かせながら、俺の答えを待っている。

その反対側からは、会話に一切加わることなくただの栄養補給だと言わんばかりに淡々と食事を進めているロゼの食器と食器が当たる小気味の良い音が聞こえてくる。

静寂の中、脳裏に浮かび上がったのは一人の少女の姿と声。

『私はナル、貴方は？』

記憶の中にいる少女は俺へと向かって手を伸ばしながら優しい微笑みを浮かべている。

それは原初の記憶の欠片、そして俺が今の名前を名乗るきっかけになった出来事の一つ。

今、俺がこの場にいるのも全ては——

「笑顔……」

意図せずして、口からその単語が漏れた。

「笑顔？」

ぼんやりとした意識の中で、誰かの声が聞こえた時——

静寂の部屋に甲高い金属音が鳴り響いた。

その大きな音で、一瞬にして記憶の世界から現実へと引き戻される。

「きゃっ！　びっくりした～！」

音に驚いたのか、目の前ではエシュルさんが身をすくめている。

「……失礼しました」

その反対側、金属音が聞こえてきたのと同じ方向から謝罪するロゼの声が聞こえた。

「あら、ロゼちゃん……大丈夫～？」

「はい、ご心配にはお呼びません。少し……手が滑っただけですので」

左後方へと視線を向けると、ちょうど落とした食器を拾おうとしているロゼの姿が映った。

「おい……大丈夫か……？」

ロゼは地面に落ちた食器を拾おうとしているが、なかなか上手くそれを掴めていない。

それどころか何度も何度もそれを掴もうとしているその指先は微かに震えているようにも見える。

「……ご心配なく」

再びそう答えると、今度は普段のロゼからは想像もできない、震える手を無理やり押さえ付けるような乱暴な手付きでそれを拾って机の上に置いた。

そして、そのまま立ち上がると、今度はいつもと変わらない手際の良さで空いた皿を一つずつ料理を運んできた台車へと積み始めた。

いつもと変わらないはずのその姿に妙な違和感を覚える。

「ろ、ロゼさん……本当に大丈夫なんですか……？　怪我とかは……？」

「はい、フィーア様のご心配に及ぶところではありません」

自分の前に積まれた大量の空き皿を運んでいくロゼに対して、フィーアも心配そうに声をかけたが一蹴された。

他の皆も同じ感覚を抱いているのか、何か不可解な物を見るような目でその姿を見ている。

「それでは、私はまだ所用がありますので……お先に失礼します」

そして、俺たちへと向かって一礼するとそのまま部屋の外へと出て行った。

その後、名状し難い妙な空気だけが残った中で、姉妹たちも順番に食事を終えて自室へと戻っていった。


そして、室内には俺とエシュルさんだけが残された。

二人だけになった室内はこれまでにも増して随分と静かに感じる。

ロゼのことも気になるが、だからと言って俺は何かできるようなほどの間柄でもない。

「ふぁ～……私もお腹いっぱいで眠くなってきちゃった～……」

隣ではエシュルさんが口に手を当てて小さなあくびをしている。

そんな細かい所作にもいちいち妙な色っぽさがある。

「お疲れでしたら、今日はもう休んだ方がいいのでは？」

「うん……そうかもぉ……。ねぇ先生？　お部屋まで運んでくださる～？」

甘えるような仕草で、両手を俺に向かって突き出してくる。

「それは流石に……少し問題が……」

何度も言うが人妻、それも魔王の妻だ。

立場上、この人が部屋に戻るまでは付き合う必要があるとは考えているが、そこまですることは流石にできない。

「うふふ、冗談よ。それにしても～、先生はもう随分とここでの生活に慣れたみたいね～」

「最初はかなり戸惑いましたけどね……。それで……今度は俺からエシュルさんに一つ聞きたいことがあるんですけど……」

「聞きたいこと～？　何～？」

「エシュルさんは……人間の俺が娘の教育係をやっていることについて、どう考えていますか？」

誰もいなくなった機会を見計らって、親の立場であるこの人に一番聞きたかったこと、そして自分でも正直まだ腑に落ちていないことを切り出す。

「ん～……そうね～……。最初にその話を聞いた時は正直、すっごく驚いちゃった」

「……まあ、そうですよね」

逆の立場になって考えるまでもなく分かる。

「でも～、ダーリンの決めたことだから～とりあえずは従うしかなかったわよね～」

「つまり……今も納得はしていないと……？」

更に切り込んでいく。

藪をつついて蛇どころか竜が飛び出てくる可能性を考えなかったわけではないが、上手く行けばなぜ魔王が俺を指名したのか、その理由の一端くらいは掴めるかもしれない。

「さあ、それはどうかしらね～」

エシュルさんが、その顔に不敵な笑みを浮かべて俺を見つめてくる。

「確かに驚きはしたけど～……私にとってはね……別に人間かどうかなんて別にどうでもいいことだったの……」

突如として普段の間延びした口調が鳴りを潜め、まるでイスナを彷彿とさせる冷たく鋭い瞳で俺の顔をじっと見てくる。

心の深淵まで覗き込まれているかのような眼力。

意図せずに背筋に冷たい何かが走る。

それで今更ながら、この人がただのどこか抜けた印象を受ける実年齢以上に若い女性ではなく、魔族の長である者が認めた女性であるということをはっきりと理解した。

「どうでも良かった……？」

「ええ、私はイスナちゃんが幸せになってくれればそれでいいの……だから、イスナちゃんに会いに来たって言うのは半分は本当なんだけど、もう半分は全く別の理由で来たの」

「別の理由……ですか？」

会話の流れからして概ね見当はついているが、敢えて尋ねた。

「うん、もう半分は先生がどんな人なのかを確認するため、私の可愛い娘たちを預けるにふさわしいかを見極めるためにね。それで～……もしふさわしくないと判断したら～……」

「……したら？」

「うふふ、食べちゃおうかな～って思って～……」

俺を見るエシュルさんの目が更に冷たいものへと変わっていく。

夢魔の言う『食べる』という表現が穏当なものではないということは知っている。

「それで……、俺はどうでしたか？」

強い緊張感に身体が強ばる。

エシュルさんはすぐに答えを述べずに、俺の目をその冷たい目でじっと見据えている。

「んふふ……さ～て、先生はどっちなのかな～……」

身体を更に近づけて、全身を上から下まで舐めるような目つきで見てくる。

その身体から漂ってくる脳を蕩けさせてくるような甘い香りが鼻腔をくすぐる。

そして、何秒かそれとも何分だったのかも分からない静寂の後に、ゆっくりとその瑞々しい唇が再び開かれた。

「先生が持ってる……それは一体何なのかしら……美味しそうだけど……下手に手を出したら逆に私が食べられちゃいそうなそれは……」

エシュルさんは俺にではなく、独り言のように意味の分からないことを呟いている。

「んふふ……本当に不思議な人……ダーリンは一体どこで見つけてきたのかしら……。あん……見てるだけでうずうずしちゃう……イスナちゃんが少し羨ましいかも……」

「あの……さっきから一体何を言って……」

「えっ？　あっ、えーっと……つまり～先生は合格ってこと～！」

俺が問いかけると、エシュルさんははっと我に返ったような反応を見せてから晴れやかな口調でそう言った。

その顔からはさっきまでの値踏みするような冷たい印象は消え失せて、これまで通りの朗らかな表情が浮かんでいる。

「ふぅ……あんまり脅かさないでくださいよ……」

その様子を見て、緊張から解放されて一息つく。

なんだかよく分からないが、俺はこの人に認められたということらしい。

大人しくなすがままにされる気は無かったが、もし不合格の判定を受けていたらどうなっていたのかと考えるとゾっとする。

「こんなにも早くサンちゃんとフィーアちゃんにも好かれてるみたいだし～、頼りになりそうな先生で本当に良かった～」

「恐縮です」

「だけど～、イスナちゃんに関してはちょっと苦労してるみたいね～」

「……やはり、それは分かりますか？」

否定し、そうでもないと取り繕うことも考えたが、この人相手に上手くそれができる気は全くしなかった。

「当然、だって親子ですもの」

そう言う顔にはイスナが絶対に浮かべることがなさそうな朗らかな笑顔が浮かんでいる。

「でも～表面上はあんな感じだけど～、イスナちゃんは先生のことをそんなに悪く思ってないですよ～？」

「そうですかね？　俺にはめちゃくちゃ嫌われてるようにしか思えないですけど……」

「うん、本当は仲良くなりた～いって思ってるのが顔に出てるもの」

「顔に……」

そう言われてイスナの顔を思い浮かべるが、あの自分以外の全てを見下しているようなキツイ印象を受ける顔しか思い浮かばなかった。

とてもではないが、俺と仲良くなりたいと思っているとは考えられない。

「あ～！　その顔は信じてない顔～！」

俺の顔を下から覗き込みながら、指先で頬をツンツンと突いてくる。

「いや、それはまあ……」

「じゃあ～今日付き合ってくれたお礼も兼ねて～、先生にはイスナちゃんと仲良くなれる簡単な方法を教えてあ・げ・る」

俺の頬をまだ突きながら、それに合わせて言葉を区切る。

酒は出ていなかったはずだが、まるで酔っ払いの相手をしているような気分だ。

「仲良くなれる方法ですか？」

正直言って胡散臭い。

「うん、知りたいでしょ？」

「ええ、まあ……」

しかし、仲良くというと少し語弊があるかもしれないが、ちゃんと認めてもらいたいという気持ちは当然ある。

この際、それを自分の力だけで成し遂げるということは二の次だ。

頼れるものには何でも頼っておくべきだろう。

「んふふ、それじゃ～あ～……後で教えてあげるね」

「後で……ですか？」

今は教えられないということは、一体どういうことなんだろうか。その内容は全く見当もつかない。

「うん、楽しみにしておいてね～。よいしょっと……それじゃあ私もお部屋に戻るわね～。おやすみなさ～い」

エシュルさんはそう言って、小さく手を振りながらゆったりとした足取りで室外へと出ていった。

俺に意味深な言葉だけを残して……。

“”

「ふぅ……」

長い一日を終え、浴槽の中で一息つく。

全身を包む心地の良い暖かさが、溜まった疲れを身体の芯から放出させてくれる。

エシュルさんとの出会いを中心に、色々なことがあったおかげで休日だというのにひどく疲れた……。

湯船の中で足を伸ばしながら、今日の出来事を振り返った頭の中には不可解な二つの出来事が残った。

一つはロゼのこと、まるで何かから逃げるように食事の場から退出していったあいつの姿を思い出す。

平静を装おうとはしていたが、あの時のあいつは明らかに様子がおかしかった。

俺だけでなく、あの子たちも明らかに困惑の色を浮かべた表情で見ていたことを考えると、俺の思い過ごしだというわけでもないはずだ。

普段は何事もテキパキとこなしていくあのメイドの、単なる体調不良とも違ったあの様子がなかなか頭から離れない。

しかし、考えたところでただの同僚、それもまだ少しの付き合いしかない俺にそれをどうにかするようなことはできるわけもない。

もし精神的な問題だとしたら、俺よりも付き合いが長く、お姉様と呼ぶほどに慕っているリノがきっと上手く対応してくれているだろう。

そう考えて一つ目の懸念を頭から一旦追い払うと、次に思い浮かんだのはあの妖艶な母親が残していった言葉。

イスナと仲良くなる方法を後で教えると言って去っていったその後ろ姿を思い出す。

「後で……ねぇ……」

湯船に顎が触れるほどまで浸かって呟くと、その発声の震動で水面が微かに震える。

既に夜も更けて日付が変わろうとしている時間帯。

あの母親が示した『後で』がいつのことを指しているのかは分からないが、今度は一体何を企んでいるのか不安でならない。

下手をすれば今この瞬間に何かを仕掛けてきてもおかしくはないかもしれない。

そう考えて浴場の中を見渡すが、そこに俺以外の何かの気配はない。

「……流石に考えすぎだな」

水の音だけが聞こえる浴場の中で少し自嘲する。

今日は色々ありすぎたせいで猜疑心が少し強くなりすぎている気がする。

流石のあの人も、入浴中の俺を強襲してくるほどに倫理観はぶっ壊れていないだろう。

そんなことを考えながら浴槽の縁を掴んで立ち上がると、芯まで温まった身体がどこかから入り込んできている外気に触れて少しだけひんやりとした感触を覚える。

休日も終わり、明日からは再び授業が始まる。

今日はエシュルさんに振り回されっぱなしでサンとフィーア以外の三人との距離を縮めることはできなかった。

明日からは更に気合いを入れて頑張る必要がある。

そう決意を固めて、出口の扉に手をかけると――

力を込める前になぜか扉が開かれた。

「え？」

「へ？」

間の抜けた二つの声が浴場内で僅かに反響する。

なぜかイスナが目の前にいる。

イスナは大きく見開いた目で俺の顔を見据えたまま、まるで時間が停止したかのように固まっている。

シュっと一本筋の通った高い鼻、瑞々しさのある桃色の唇、きめ細かい白い肌。

これまでにないほどに近くで見るその恐ろしいほどに整った顔立ちは母親にそっくりだ。

いやちょっと待て、なんで俺は冷静に観察している。

ここは浴室だ。そして、今まさに入浴を終えて外に出ようとしていた俺は当然全裸だ。

そして、今まさに浴室に入ろうとしていたイスナも当然……。

視線を僅かにでも動かすことはできない。

少しでも動けば、教師として見てはいけない部分が視界に映ってしまう可能性は高い。

「よ、よう……」

ようやく開くことのできた口からはなぜかそんな言葉しか出せなかった。

俺が口を開いたのと同時に、今度はイスナの視線がゆっくりと降下し始めた。

そして、それがある地点まで達したと同時に——

「きゅぅ……」

まるで小動物のような鳴き声を発してイスナはへなへなと床に崩れ落ちた。

「お、おい！　イスナ！」

それが完全に崩れ落ちる前に腕で受け止めて、その身体を支える。

柔らかい。

否応なく、その感覚が腕の中に生まれる。

「か、から……おと……おっき……にく……」

「大丈夫か!?　イスナ！　しっかりしろ！　誰か！　誰か来てくれー！」

なぜイスナがここにいるのか、なぜ女性の身体はこんなに柔らかいのか。

疑問は尽きない中、浴室に俺の叫びが響き渡った。


見つけた。

廊下の先に朝から探し回っていた人物の後ろ姿を発見する。

「ふんふふ～ん♪　ふ～ん♪」

その人物は俺の気苦労など知らないと言わんばかりに、気分良く鼻歌を唄いながら廊下をゆっくりと歩いている。

「エシュルさん！」

「ん〜？　あら〜せんせ〜、おはようございま〜す」

背後から少し語気を強めて声をかけると、昨日と何ら変わりない朗らかな笑顔と共に挨拶してきた。

「おはようございます……じゃないですよ……」

「あら？　そうなの？　もうそんな時間だったかしら〜？」

「そういう意味じゃなくてですね……昨日のあれは一体どういうことですか⁉」

僅かな怒気を込めて尋ねる。

教え子の母親、そして雇い主の妻であっても流石に言うべきことは言わなければならない時はある。

「昨日のあれ〜？」

「とぼけても無駄ですよ。昨晩、イスナを俺の入浴中に差し向けたのは貴方ですよね？」

首を傾げて露骨にとぼける目の前の人物に問いただす。

どうやって誘導したのかは定かでないが、昨晩イスナが俺の入浴中に浴場へとやってきたのは間違いなくこの人の仕業だと確信している。

「ああ！　そのことね！　うん、そうよ〜」

俺がそれ以上問い詰めるまでもなく、あっさりと白状した。

その顔には悪いことをしたと思っているような感情は全くないように見える。

「どうしてあんなことを……本当に大変だったんですよ……」

本当に、本当に大変だった。

全裸で気絶しているイスナをその場に放ってロゼやリノを探す余裕はなかったので、なんとかその身体を見ないように服を着せてから、完全に弛緩しきったその身体を抱えて自室まで運ぶ羽目になった。

「えー……だって先生がイスナちゃんと仲良くなりたいって言ったんだも〜ん」

「どこの世界に一緒に入浴して仲良くなる知り合って間もない男女がいるんですか……」

「え？　私とダーリン」

実体験かよ……。

「とにかく！　これ以上嫌われたら本当にどうしようもないんで、変なことはやめてください！」

再び語気を強めてこの奔放すぎる母親に釘を刺す。

しかし、イスナも全裸で倒れた自分を部屋まで運んだのが俺だということには気がついているだろう。

既にもう取り返しがつかないような気がしないでもないが、これ以上かき乱されるのは本当に勘弁してほしい。

「え〜……変なことなんてしたかしら〜……」

「してます！」

その見ているだけで吸い込まれそうな底の見えない瞳を凝視しながら断言する。

とぼけているのか、本当に自覚がないのかは分からないが、後者だとしたら本当に恐ろしい。

まだ若い自分の娘を、若い男が入浴中の風呂に差し向けることが変なこと以外の何だと言うのだろうか。

そして数秒ほど、半分にらみ合うような形で視線を向けあった後、エシュルさんの口がゆっくりと開く。

「ねえ、先生？」

「……なんですか？」

俺の申し入れに応えるでもなく、今度は向こうから何かを尋ねようとしてくる。

「私たちが夢魔と呼ばれる種族なのはご存知ですよね～？」

「ええ……それは、もちろん」

「先生は～、夢魔ってどんな性格の種族だと思っていますか～？」

「どんな性格の種族か……ですか？」

その言葉に応じれば、また何か妙なことに巻き込まれるかもしれない。

そんな懸念を抱きながらも、つい返事をしてしまう謎の魅力がその声にはある。

「うん、遠慮せずに答えてくれていいのよ～？」

そういうエシュルさんを前に、人間の世界で読んだ夢魔に関する文献の数々を思い出す。

夢魔、その性別によってサキュバスやインキュバスなどと呼ばれることもある魔族。

異性のもとへと現れ、言葉や身体、そして人を幻惑する特有の魔法でその心を誑《たぶら》かして生命力を奪うとされている、人間の世界においても色々な意味で有名な魔族の一つだ。

「性的に奔放で……加虐趣味で……好みの異性を見かければ誰彼構わず狙いを定めるような種族……

という印象ですね」

目の前にいるその典型のような女性を見て、少し緊張しながら告げる。

「まあそんな印象よね〜。私はその典型かも。うふふ」

気を悪くさせてしまうかもと思って発したその言葉に対して、意外にも同調しながら気分が良さそうに微笑んでいる。

もしかしたら夢魔にとっては褒め言葉だったのだろうか。

「それじゃあ続けて先生に質問ね。いっちば〜んこわ〜い夢魔ってどんな夢魔だと思う？」

「一番怖い夢魔、ですか？」

「うん、敵に回すと一番やっかいな夢魔と言い換えても良いかもしれないわね」

さっきの答えと合わせて考えれば、一番怖い夢魔というのは異性として魅力的な夢魔に他ならない。

となるとその答えは――

「エシュルさんみたいな夢魔、ですか……？」

最初に思い浮かんだのが目の前にいるこの情欲的すぎる女性だった。

無邪気な少女性と妖艶な大人の色香、矛盾しそうなその二つの魅力を奇跡的な配分で共存させているこの人に誘惑されて正気を保てる男はほとんど存在しないと言い切れる。

何より、説教しに来たはずの俺が既にそのペースに乗せられはじめているのがもう怖い。

正解だと確信して発した俺の答えに対してエシュルさんは――

「ぶっぶ〜！　はずれ〜！」

そう言いながら、顔の前で人差し指を交差させてバツ印を作った。

間違ってしまったみたいだが、特に残念といった気持ちはない。

「私のことをそう思ってくれるのは嬉しいけど～……一番って言うとちょっと違うかな～」

「そうなんですか……、それなら答えは……？」

「んっふっふ～知りたい～？」

「それは、まあ……知りたいか知りたくないかで言えば……」

向こうのペースに乗せられるのは癪だが、こうももったいぶられると知りたくなるのも性だ。

それにもしかしたらイスナに指導を行う上で目指すべき場所についてのヒントになり得るかもしれない。

「じゃあ教えてあげる。夢魔ってね……先生が言うように、そのほとんどが自由奔放で～、好みの異性となればあっちに行ったり、こっちに行ったりしちゃうのよね～」

エシュルさんは身振り手振りを交えながら、俺に対して夢魔のなんたるかを説明し始める。

「確かに～、そんな夢魔も人間からすれば怖いんでしょうけど～、逆に言うとそれってすぐに情が湧いちゃうってことなのよね～」

「情、ですか……？」

「うん、その情ってのがすごく厄介でね～。私たち夢魔が使う魔法って極々僅かなその情が大きな付け入る隙になっちゃうの」

「なるほど……」

夢魔が使う魔法とはその名がしめす通り、他者の夢、すなわち原記憶や感情を司る脳機能に直接作用する魔法のことだ。

人間にはその手の魔法を行使する術者はほとんどいないので詳しくは知らないが、術者の精神状態というのは通常の魔法の行使においても大きく影響する。

であれば精神魔法の行使が、更に大きく術者の精神状態に依存するというのはあながちデタラメでもないように思える。

「つまり正解は～……先生が言ったのとは真逆！　す～～っごく一途で、特定の一人に抑圧、支配されることを至極の悦びとするような超が何個も付いちゃうようなドMちゃんってこと～！」

教育の場にあまり相応しくない扇情的な見た目の母親が、教育の場に相応しくない言葉を自信満々に口にした。

「ど、どえむ……？」

聞き間違いでないのか確認するために、聞こえたままの言葉を尋ね返す。

「うん、ドMちゃん」

再び笑顔で教育上よろしくない言葉を繰り返す。

どうやら聞き間違いではなかったらしい。

「どうしてそうなるんですか……」

「特定の一人に対して病的なまでに一途ってことは～、つまり他の人には蛆に向けられるほどの情も抱かないってこと。その人のためなら個を捨てて、誰かの原記憶や感情を読んだとしても一切の感慨を抱かずに、操ったり、壊したりできる精神の持ち主になれるってこと。それが私の考える……いっちばん怖い夢魔。先生はどう思うかしら？」

ニコニコと笑いながら、その笑みとは真逆の物騒なことを言う女性を前にして考える。

確かに精神に作用する魔法の強度が、僅かな情によって左右されるようなものだとしたら、それを一切持たない夢魔は非常にやっかいだと言えるかもしれない。

「そんなのは机上の空論なんじゃないですか？」

確かに理論上はそうなるかもしれないが、現実において雑念が入る余地もないほどに特定の一人をそこまで敬愛するような精神状態になれる人物がいるとは思えない。

もしいるとすれば敬虔な邪教の崇拝者くらいだろうか。

「さあ、どうかしらね～……。まあ少なくとも私はダメね。ダーリンのことは大好きだけど～、他人の原記憶を読むとどうしても雑念は混じっちゃうのよね～。それがどんなに憎い相手だったとしても……ね」

そう言いながら、流し目で俺のほうを見つめてくる。

「それは分かりましたけど……、それと昨日のことに、いや俺に何の関係があるんですか？」

「あら、ここまで言っても分からなかったかしら？」

「はい、さっぱりですね」

「んっふっふ～、私は～先生に～、イスナちゃんをそんな夢魔に育ててほしいってこと～」

「は？　俺に、イスナを？」

「うん！」

エシュルさんは昨日今日見た中で一番の笑顔をまた更新しながら短く答えた。

「いや、それは流石に教育て――」

「あっ！　もうこんなじか～ん！　じゃあ先生、私はそろそろ帰らなきゃ～！　また会いましょ～！　ばいば～い！」

エシュルさんは俺の言葉を遮るようにわざとらしくそう捲し立てると、小さく手を振りながら廊下の奥へと小走りで駆け去って行った。

「教育的にはよろしくないかと……」

自分の娘をドMに育てろという母親にその言葉が届くことはなかった。

そして、突然やってきた大嵐のような母親は大きな困惑だけを残して去って行った。

“”

母親という名の大嵐が去ってから三日後。

大きな事態は起こらずに、俺たちの日常は比較的穏やかに進行していた。

「――つまり、魔法というのは大気中に満ちている魔素と呼ばれる目には見えない小さな粒子を利用した現象の総称ってことだ」

人間界の教科書を片手に、目の前で大人しく講義に耳を傾けている五人の生徒たちに学問としての魔法の講義を行う。

魔法に関しては特に五人の中でその理解度に大きな開きがあるので、どこから講義を始めるべきか悩んだが、まずは基礎中の基礎からしっかりと足場を固めていくことにした。

「サン。魔法を行使する際の工程、それを大きく分類するとどうなる？」

この中で最も魔法に関する理解度が低いサンに、魔法に関する最も初歩的な質問をする。

「はい！　分かりません！」

とても元気に匙を投げつけられた。

「元気が良いのは分かったけど、もう少し考えるくらいはしろ……。この前やったばかりだろ？」

「だって、分かんないんだも～ん……」

サンはその褐色の上半身を机の上に投げ出しながら、口先を尖らせて不満げに言う。

毎朝訓練に付き合うという条件で、まともに授業を聞くようにこそなったが、その理解力は相変わらずだ。

これではただ右から左に聞き流しているだけで寝ているのと大して変わらない。

「それと、すぐに分からないで済ましたらダメだって何度も言っただろ。間違ってもいいからちゃんと考える習慣をつけるんだ。これは座学だけじゃなくて武術にも通じることだぞ？」

「はーい……」

気のない返事。

分かっているのか、分かっていないのか……。

「まあいい……それじゃあフィーア。代わりに答えてくれるか？」

「え……は、はい！　えっと、魔法を行使する際の工程……工程……」

「ゆっくり考えていいからな」

「はい……、えっと……まずは魔素の認識……ですよね……？」

自信なさげに俺の方を一瞥してきたフィーアに対して頷いて応える。

「それから……えっと……魔素の受容……」

合っているにも拘らず、何度も何度も俺の方に自信なさげな視線を向けてくる。

この子に関してはまずはこの自信のなさをどうにかしないといけないが、そのためにはまずこれだけは誰にも負けないという特技を見つけてやらなければならない。

「付与と連結……、それから増幅……、最後に放出……で合ってますか？」

「ああ、正解だ。特殊な工程を用いる魔法や道具を用いた魔法なんかもあるが、ほとんどの魔法は今フィーアが言った工程によって行使される」

「はぁ……良かったぁ……」

俺がそう言うと、フィーアは胸を撫で下ろしながら大きな息を吐いて着席した。

「その中で一番大事なのが付与と連結の工程だと言われている。付与と連結ってのは――」

付与と連結とは自分の想見と魔素を結びつけ、魔素に属性を与えて、それらを繋げて一つの呪文を構築すること、つまりは詠唱と呼ばれている工程。

そして、その想見を言葉にしたものが呪言やルーンなどと呼ばれているものである。

無詠唱魔法は、その工程を心象によってのみ行う非常に高度な魔法である。

それをしっかりと五人に説明していく。

「それじゃあ……次の問題は少し難度が高くなるぞ」

そう言いながら五人を見渡す。

サンは目を閉じて、自分がどうにか当てられないように祈るような表情をしている。

フィーアも同じように緊張した面持ちを浮かべて、フェムは一人でなぜか教科書を読みふけっている。

となると、答えられそうなのはこれぞ優等生という振る舞いで姿勢正しく座っているアンナか……もしくは……。

背筋をピンと伸ばして座っているアンナの右側、心ここにあらずといった様子でぼーっとどこでもない中空を眺めているイスナを見る。

三日前、エシュルさんが帰った日からずっとこんな調子が続いている。

母親が帰ってしまった寂しさでこうなるような性格ではないことは間違いないので、他に何か原因があるはずだが、生憎のところ俺には分からない。

風呂場の事件で、もしかしたら今度こそ授業に出てくれなくなるほどに嫌われるのではないかという危惧こそ杞憂に終わったか、これが続くようならほとんど出ていないのと同じだ。

少し無理やりではあるが、俺の方から授業に参加させてしまうしかない。

「連結の工程において、最も大事なのは何だ？　イスナ、分かるか？」

意を決して、次の回答者にイスナを指名するが――

「……イスナ？」

イスナは俺に指名されたことにも全く気づかず、まるでそこに何かの像が浮かんでいるかのようにぼーっと中空を眺め続けている。

そのぼんやりとした目つきからはいつもの覇気が全く感じられない。

「イスナ姉？　ご指名だよー？」

「ふぇ？　何？　ごしめい？」

隣にいるサンがその腕をつんつんと指先で突いたことで、ようやく気がついた素振りを見せた。

「えー……魔法を行使する際の連結工程において、大事なのは何か分かるか？」

再び同じ質問を行う。

するとイスナは特に反抗するような様子も見せずにゆっくりと立ち上がり始めた。

そんな様子にようやく真面目に講義を受ける気になってくれたのかと、心の中で喜ぶ。

まだ教えていない話ではあるが、既に第六位階の魔法が使えるイスナなら答えられるはずだ。

「連結……。大事なのは……相性……」

イスナはまだ夢見心地のような呆けた口調でそう答えた。

「その通り、正解だ！　いいか、呪言にはそれぞれ型があって、相性の悪いものを――」

「――んけ……いしょ……」

「ん？　どうした？　もう座ってもいいんだぞ？」

講義を続けようとしたところで、イスナが着席しようとせずに突っ立ったまま、何かをぶつぶつと呟いていることに気がつく。

他の子たちも普段と全く違うそんなイスナに若干困惑した目を向けている。

「相性……からだ……れんけつ……あれと……あれが……」

「お、おい……イスナ……？　どうしたんだ？」

教壇から降りて、明らかに様子がおかしいイスナへと近づく。

「男の……から……あんなに……ごつごつ……ふと……」

「本当にどうしたんだ……お前……」

そして、小さな机を挟んだその向かい側に立つと——

「ひっ!!」

俺の顔を見て、その整った顔を引きつらせながら一歩後ずさった。

いつもはゆらゆらと所在なげに揺れている黒い尻尾がまるで興奮した犬のように激しく蠢いている。

「お、おい……本当に大丈夫なのか……？　具合が悪いのか？」

「だ、だいじょ……、あっ……男の……にお……んっ……」

心配の言葉を投げかけても、返ってくるのは胡乱な言葉だけ。

その顔はなぜか真っ赤に染まり、大きく見開かれた目の中央では髪と同じ色をした深緑の瞳が忙しなく蠢いている。

体調が良くはないということは明らかだ。

「熱でもあるんじゃないのか……？」

魔族とはいえ、基本的な身体の作りに人間と大きな差異はない、となれば風邪くらいひくだろう。

特にこの子は数日前、風呂場で全裸で倒れたばかりだ。いくら早めに対処したとはいえ、あの時に身体が冷えてしまった可能性は十分にある。

そう考えてその額に手を伸ばす。

そして、手のひらがその額に触れ、汗でべっとりとした感覚と火傷しそうなほどに高い体温が伝わってくる。

「ほら、やっぱりお前、熱が――」

そう言いかけた時――

「きゅぅ……」

あの時と同じ鳴き声を上げて、再びイスナの身体がへなへなと地面へ崩れ落ちた。

「お、おい！　イスナ!?」

その身体が完全に崩れ落ちる前に手を伸ばして支える。

配慮している暇はなかったせいで、机や椅子が大きな音を立てて倒れる。

火傷しそうなほどに熱く火照っている身体の熱が衣服の上からでも腕に伝わってくる。

「イスナ姉!?」

「イスナ姉さん!?」

サンとフィーアも椅子から立ち上がり、心配の声を上げて寄ってくる。

アンナとフェムは座ったままではあるが、流石に心配そうにその様子を見ている。

「おい、大丈夫か？」

イスナに呼びかける。

大きく露出した双丘の谷間に水たまりができそうなほどに、その身体は汗でびっしょりと濡れている。

「だいじょ……。ぁ……う……で……。にく……かたくて……あつ……」

「分かった、分かったから今日はもう休むんだ」

本当が何が言いたいのか全く分からない。

腕？　肉？　もしかして料理の夢でも見ているのか？

「サン、フィーア。二人でイスナを部屋まで連れていってやれるか？　俺はロゼに報告してくる」

サンとフィーアにそう告げると、二人は心配そうな表情のまま無言で頷いた。

「イスナ姉……ほら、しっかりしなよ……」

「も、もう……ら、らめぇ……わたし……へんに……」

イスナはうわ言のようにまだ何か胡乱な言葉を呟きながら、今度はサンとフィーアの肩を借りて自室へと運ばれていった。

草木も眠る深夜。

いくばくかの灯りだけが照らす廊下をしずしずと進む一つの影があった。

ほとんど下着のような薄い衣服だけに包まれた双丘を大きく揺らしながら、物陰から物陰へと隠れるように進むその影の正体は魔王ハザールの次女イスナに他ならない。

自室を出て、姉妹たちが寝静まっている居住区域を離れ、彼女が向かう先は自身の教育係として充てがわれた男、フレイ・ガーネットの部屋。

そして、その目的は当然、深夜の逢瀬や夜這いなどという色気のあるようなものではない。

イスナの頭の中は今、フレイへと向けられた名状しがたい感情に支配されている。

妹をけしかけてフレイを追い出そうとした結果、逆に自分まで圧倒的な実力差を思い知らされてしまった屈辱は未だにイスナの脳裏に強く焼き付いたままで、目を閉じれば瞼の裏にその時の場面が映し出されて、あの日からまともに睡眠を取ることもできていない。

そして先日、そんな屈辱を受けた相手と浴場で鉢合わせて、初めて見た男性の裸体に驚いて気絶してしまい。今朝は姉妹たちの前でその時のことを思い出してまた気絶するという醜態まで晒してしまった。

これまで見下してきた男という存在に、もうこれ以上振り回されることがあってはならない。

最早手段を選んでいる場合ではない、今すぐにでもあの男をここから追い出さないと自分は本当にどうにかなってしまう。

イスナは熟考の末にそう決意した。

夜に異性の部屋へと忍び込むのは夢魔にとってはお手の物。物音一つ立てずにイスナは目的の部屋の前へとたどり着いた。

「お邪魔しまーす……」

律儀にそう呟きながら、音が出ないようにゆっくりと扉を開けて部屋の中へと侵入する。

「……よし、寝てるわね」

暗闇の中、憎き男がベッドに仰向けになって寝息を立てていることを確認すると、忍び足でそのすぐ側へと近寄っていく。

真横に立ち、その姿を見下ろしながら意外と可愛い寝顔をしているなどと考えるのも束の間、イスナはその額へと向かって静かに手を伸ばす。

そして、指先がその額に触れると同時に、イスナの意識はこの世のどこのものでもない沢山の窓がある長い廊下へと降り立った。

そこはフレイの心象世界、生まれてから今に到るまでの記憶の世界。

夢魔の魔法によりその世界へとやってきたイスナの目的はただ一つ。

過去の記憶からフレイの弱みを探し出し、それを利用してこの屋敷から放逐すること。

そして、あわよくば先日の浴場での記憶も消してやろうと考えながら、イスナは記憶の世界をゆっくりと歩き始めた。

『いいぞ、サン。その調子だ。フィーアも……頑張れ！』

イスナが最初に覗いた窓の向こう側には、フレイと二人の妹が早朝の訓練を行っている様子が映し出されている。

自分が知っているそれよりも動きにキレのある三女と、何度も転んで土に塗れながらもその度に立ち上がり続ける四女の姿。

「何よ……楽しそうにしちゃって……」

それを見て拗ねるような口調でイスナが呟く。

『ちょっ！　お、おい！　アリウス！　おまっ……本気で！　……って……あっ……』

次にイスナが目に留めたのは、知らない金髪の男がフレイに挑みかかってあっさりと返り討ちにされている記憶だった。

「もしかして人間の学校をクビになったのってこれが原因なのかしら……。それにしても、あの顔ったら……あはっ、おかしいったらないわね……」

ついやってしまったというような表情を浮かべたフレイがアリウスと呼ばれた気絶している金髪の男を大慌てで介抱しているその記憶を見て、イスナは思わず吹き出した。

しかし、これもまだ弱みというほどのものではない。

そう考えて、イスナは更に奥へ奥へと進んでいく。

『せんせ～！　おはようございま～す！』

『よう、今朝も早いな』

『はい！　今日はまた新しい剣技を教えてもらえると聞いて、急いで準備してきました！』

今度は自分と同じ年頃の見知らぬ金髪の女とフレイが仲睦まじそうに訓練をしている記憶を見る。

その光景を目にしたイスナの心に溶岩のように熱く、粘性の高い何かが絡みつくが、イスナは足を止めることなく更に廊下の奥へと進んでいく。

『くそっ！　この程度で……まだっ……！』

今よりも若い、まだ幼さの残る自分と同じ年頃のフレイの記憶域にイスナが到達する。

その年代の記憶はどれを見ても、文字通り血反吐を吐くような鍛錬の日々の記憶だった。

日中は食事以外のほぼ全ての時間が各種戦闘技術などの自己鍛錬に費やされ、気絶するように眠りについたかと思えば、日の出と共に目を覚まして同じことをひたすら繰り返す。

その光景はもはや努力と表現できる域を超え、狂気の域に達しているとイスナは感じた。

そして、あの自分を圧倒した力の根源がその狂気に由来する物であると理解し、息を呑んだ。

何年にも及ぶその狂気の所業を見たことで、イスナの胸中にある変化が芽生えてくる。

フレイを追い出そうとしていた意思は徐々に小さくなり、代わりになぜこの人はここまで自分を追い詰めるのか、その根源にある感情を知りたいと思い始めていた。

そして、更に深い記憶域へと足を踏み入れようとした時――

イスナの足取りがピタリと止まった。

「……風？」

廊下の奥から、僅かな風が吹いてきているのをイスナは感じ取る。

しかし、心象世界においてそれが不可解な出来事であることに気がついた時にはもう遅かった。

記憶の廊に轟音が鳴り響く。

「な……何よ、あれは……」

進行方向、廊下の奥から暴風を伴った真っ黒な何かがイスナのほうへと向かって猛烈な勢いで迫って来ている。

何なのかは分からないけれど、あれは危険。そう考えたイスナは全速力で元来た道を引き返し始める。

数多の記憶に侵入してきたイスナにとっても、それは始めて経験する出来事だった。

「はぁ……はぁ……！　い、一体何なのよ！」

真後ろにそれが迫ってきているのを感じ取りながらも、イスナは振り返ることなく全速力で駆ける。

意識を現実に戻すには、ある程度表層まで戻る必要がある。

しかし、今のイスナにとってはそこまでの道のりが途方もなく長く感じる。

「な、なんでこんなことになるのよ！」

自分は少し記憶を覗きに来ただけなのに、と考えるイスナの長い髪の先端に、あの黒い何かが触れる。

それと同時に、これまで感じたことのない悪寒、恐怖がイスナの身体を包む。

それは触れた部分から自分の意識がなくなっていくような感覚。

そして、触れたことでこの黒い嵐こそがフレイの深層にある根源の感情、狂気の源である事に気がついた。

「あ、後少し！　頑張れ、私！」

これに飲まれてしまえば間違いなく自分という存在は消えてなくなる。

そう考え、自らを奮い立たせて限界を超えて駆け続けるイスナ。

その身体を背後から暗闇が包み込む――


「…………っ！　はぁ……はぁ……、戻って……来れた……？」

イスナは自分の身体があることを確認し、あれに飲まれるすんでのところで自分の意識が現実の世界、フレイの部屋へと戻ってきたことを理解した。

現実では一秒にも満たない時間、そして少しも動いていないにも拘らずその身体は汗でびっしょりと濡れている。

「な、何だったのよ……あれは……」

荒い呼吸を整えながら今起きた出来事、あの黒い嵐について考えるイスナ。

しかし、その所為で指先から触れていたはずのものの感覚がなくなっていることに気がつくのが遅れてしまった。

「え？　……きゃあっ!!」

その女性らしい柔らかさのある首元が、それとは真逆の無骨な手に鷲掴みにされる。

そして、そのまま力ずくでベッドの上へと押し倒された。

「何をした!!」

聞く者の身体の芯まで震え上がらせそうな威圧感のある怒声。

ベッドに押し倒されたイスナが見上げる先にあったのは、普段のそれからは全く想像もできないほどに鬼気迫る表情を浮かべたフレイの顔だった。

「何をした!!　答えろ!!」

フレイの指先に更に力が込められ、イスナの柔らかい首の肉に沈み込んでいく。

「な、なに……も……」

圧迫され、僅かな隙間だけが残された気道から、イスナが震える声を絞り出す。

自分は今、目の前の男に完全に支配され、生殺与奪の権利を握られている。

その事実に、イスナはこれまでの人生において感じたことのない強い恐怖を覚える。

そして生命の危機に瀕した彼女の脳内では、ここ数日の記憶が走馬灯のように流れ始める。

自分よりも生物として遥かに下等だと思っていた人間の男に完膚無きまでに打ちのめされたこと。

本来なら自分を慕うべき妹たちをその男に横取りされてしまったような感情を覚えたこと。

母親に謀られて、その男に対して生まれて初めて異性を意識させられてしまったこと。

記憶の世界で見た、全てを黒く塗りつぶしてしまうような狂気のこと。

そして今、夢魔の独壇場であるはずの記憶の世界でさえ返り討ちにされ、逆に自らの命運をその手の中に握られていること。

その全てがイスナの頭の中で複雑に絡み合い、戦略魔法級の超反応を起こした。

苦痛から逃れるために脳内に分泌された多量の興奮物質は、コンマ一秒にも満たない時間で生命の誕生以後培われてきたあらゆる知見を彼女に与えて、世界の全てを理解させた。

それは圧倒的な力に抑圧されることこそが生命にとっての真の悦びであり、フレイこそがそれを自分に与えるために大いなる意志が使わした絶対者であるということだった。

それを理解した瞬間、イスナの胸中にあった恐怖は反転して幸福となり、身体の苦痛は心の快楽となった。

そして、イスナは薄れゆく意識の中で自らの幸運を噛み締めた。

記憶の世界でフレイを放逐した愚かな人間たちが気づくことのなかった真理に、自分だけは辿り着くことができたのだと……。

無論、それらは全て思い過ごしの極致と言うべき思考以外の何物でもなかった。

しかし、イスナにとってのみ、それは紛うことなきこの世の真理として顕現していた。

「イ……イスナ……？」

闖入者の正体がイスナであることに気がついたフレイがその手を緩める。

そして、その顔からも険しさは消え、すぐにいつもの表情へと戻っていく。

それに応じるように、押さえつけられ沈み込んでいたマットも元の形へと戻り、軋むような音と共にその上にある二人の身体を揺らす。

「かはっ！　ごほっ！　ごほっ……！」

気道が開放され、イスナは咽ながら空気を肺へと送り込む。

「だ、大丈夫か⁉　俺は……俺はなんてことを……」

咽るイスナを気遣いながら、フレイはしでかしてしまった事の重大さにその手を震えさせる。

「だ、いじょ……ぶ……」

「自分の名前は分かるか？」

血流や呼吸が阻害されたことで、脳に損傷があるかもしれないと考えたフレイが簡単な質問を行う。

「イスナ……」

「母親の名前は？」

「エシュル……」

「よし……少し待っててくれ、今ロゼを呼んでくる」

脳に大きな損傷はないと判断したフレイがそう言って立ち上がり、イスナをベッドに寝かせたまま部屋の外へと出て行こうとした時――

「待って……」

イスナがフレイの服の裾を強く摘んだ。

フレイのことを見つめるその瞳は溢れんばかりの涙で潤んでいる。

しかし、それが苦痛によるものでも、ましてや恐怖によるものでもないことにフレイはまだ気づいていない。

「……どうした？」

「く……」

「……く？」

その口からどんな罵倒の言葉や要求が出てきても受け入れる覚悟を固めたフレイは再び目線の高さをイスナへと合わせる。

「……もう一回、首を絞めて……」

そして、そんなフレイに対して、イスナはこれ以上にない恍惚を帯びた声でそう言った。

“ ”

「今、何て言った？」

イスナの口から常軌を逸した言葉が出てきた気がするので聞き返す。

「もう一度首を絞めてほしいと言ったのよ。いえそれは今私が得た真理を、世界の全てを再確認するための儀式と言うべきかしら……」

身体を起こしながら、イスナは何の淀みもなくそう言った。

「なるほどな……」

どうしよう、イスナがおかしくなった。

「んっ……」

イスナは悩ましげな吐息を漏らしながら、まだ真っ赤な痛々しい痕の残っている首をその綺麗な細い指で撫でている。

「痛むのか……？　本当に、すまなかった……」

「どうして謝るの？」

「いや、どうしても何も……」

「私が貴方の物になったという証よ。誇りにこそすれど、謝られるようなことではないはずよ」

イスナはそう言いながら、愛おしそうにその痕を指先で撫でている。

本格的にどうすればいいんだ……。

「もう一回、質問してもいいか？」

とりあえず脳の損傷具合を確認しなければ……。

「ええ、何なりと」

「自分の名前は分かるか？」

「イスナ」

「一つ下の妹の名前は？」

「サン」

「俺は誰だ？」

「私の絶対者」

完全に壊れてしまっている。

いや、俺が壊してしまった……。

「……一度大きく深呼吸をしてみてくれ、酸素を脳に送り込むように」

俺が指示すると、イスナはすんなりと従い、すーはーと大きく数度の深呼吸を行う。

そうだ、まだおかしくなったと決めつけるには早い。

単なる酸素の欠乏で頭がぼんやりとしているだけかもしれない。

「姉の名前は？」

「アンナ」

「一番下の妹の名前は？」

「フェム」

「俺は誰だ？」

「神、あるいは真なるイデア」

誰か助けてくれ……。

どうすればいいのか本格的に分からなくなり、頭を抱えてしまう。

とりあえず全てをロゼに報告するしかない。

大切な令嬢の一人がおかしくなったと分かれば、クビだけでは済まないかもしれない。

しかし、全ては自分の失態が招いた結果だ。甘んじて受け入れるしかない。

父さん、母さん、ごめん……。

「ねえねえ」

後悔の念で押し潰されそうになっていると、肩の辺りをつんつんと指先で突かれる。

「……どうした？」

「一緒に寝ていい？」

「……ダメだ」

何を言われても応じてやろうかと考えていたが、流石にそれはダメだ、倫理的に。

「いじわる……。でも、そんなところも素敵……。得たいのに得られない……でも得られ難いからこそ価値がある……そんな精神的なジレンマも……んっ……堪んないわ……」

明後日の方向を見て倒錯したことを呟きながら、恍惚の表情を浮かべているイスナを眺める。

今更気づいたが、こいつは一体なんて格好で男の部屋に来ているんだ。

ただでさえ普段から肌面積の多い服装をしているというのに、これはもうほとんど下着だ。

しかもなぜか身体が濡れていて、薄いその服が肌にぴったりとくっついているせいで身体のラインがはっきりと分かってしまう。

「なぁに？」

その身体を見る俺の視線に気がついたのか、イスナが俺の顔を覗き込みながら尋ねてくる。

それも昨日まで、いや数時間前までは考えられないような柔和な口調で。

「いや、そもそもどうして俺の部屋に……」

「それは大いなる意志が私を――」

ロゼを呼んだ。

「――というわけなんだが……」

今しがた起こった出来事をロゼへ説明した。

深夜にイスナが俺の部屋を訪ねてきたこと、俺がそれを不審者と誤認して攻撃してしまったこと、そしてそれでイスナの様子がおかしくなってしまったことを全て包み隠さずに。

「はい、分かりました」

説明を聞き終えたロゼは、特段変わった反応も見せずに、俺からイスナのほうへと向き直った。

「では、イスナ様。お手数ですが、いくつかのご確認をさせていただいてもよろしいでしょうか？」

「そんなことをしなくても私は正常よ。ただ世界の在り方を理解しただけよ」

「いいから、ロゼの言うことを聞いてくれ……」

「分かったわよ……」

なぜこんなことになったのかはさっぱり分からないが、とにかく俺の言うことは素直に聞いてくれるのだけは確かなようだ。

このメイドが医学の知識も持ち合わせているのか、目視や質問などを駆使して、手際よくイスナの心身の確認を済ませていく。

そして――

「イスナ様が仰っておられる通り、特に異常は見られません」

普段と変わらない無表情で、そう断言した。

「だから言ったでしょ？　私はどこもおかしくないって」

「本当か？　本当の本当にか？」

「ええ、本当よ。本当の本当によ」

「それじゃあ俺はお前にとっての何だ？」

「貴方は私の全てに決まってるでしょ……？」

イスナはそう言いながら、まるで街角を歩いている恋人同士がそうするように俺の腕に自分の腕を絡めるように抱きついてきた。

汗に濡れた柔らかい肌の感触が衣服越しに伝わってくる。

夢魔特有のものなのか、エシュルさんとよく似た脳を溶かすような甘い香りが鼻腔をくすぐると、頭がぼんやりとしてくる。

つい妙な雰囲気に流されそうになるが、頭を振ってその雑念を振り払う。

そして、ロゼに対して視線で『これでも本当に正常なのか？』と伝える。

「……では、おやすみなさいませ」

それは伝わらなかったのか、それとも伝わった上でやはり問題ないと判断したのか、ロゼは俺たちへと向かって一礼すると、静かに部屋の外へと出ていった。

そして部屋には俺と、責任者から正常だというお墨付きを得た異常なイスナが残された。

「それじゃあ……私たちも寝ましょうか……？」

イスナはそう言いながら、俺を誘うようにシーツの裾を持ち上げる。

きっと普通の成人男性であれば抗いようのない魔性による誘惑。

しかし、俺の頭はこの異様な状況を俯瞰しているかのように妙な落ち着きの境地に達していた。

「……イスナ」

「なぁに？」

「とりあえず、お前も自分の部屋に戻れ」

「……はーい。おやすみなさい、ダーリン」

その指示に驚くほど素直にイスナは従い、一切の悩みもなさそうな軽快な足取りで部屋の外へと出ていった。

俺一人が残され、部屋は本来あるべき形に戻った。

時刻はもう草木も眠るような時間、明日も朝から二人の訓練に付き合わなければいけない。

大きく息を吐いて、ベッドに横になる。

柔らかいマットから、俺のものではない湿り気と甘い香りが伝わってくる。

そして、目を瞑って、どうかこの短い時間に起こった出来事が妙な夢であることを祈りながらまどろみに身を任せた。

五章

「いいぞ、サン。かなり良くなってきてるぞ」

「そうね、以前のあの子とは見違える体捌き……流石は貴方の指導ね」

サンの身体の使い方はこの朝の訓練を始めた当初と比べて、見違えるほどに良くなっている。

それは人体の構造、そして武術に関する理解度が遥かに向上した証拠だ。

「フィーアもいいぞ。その調子だ」

「あの子は相変わらず見てて危なっかしいけど、それでも顔つきは随分と変わったわね。貴方って本当に素晴らしいわ……」

フィーアは相変わらずよくできているとは言い難いが、何をするにしても自信がなく、ビクビクとしていた様子は少しずつ改善されつつあるのが分かる。

朝練の確かな手応えを感じながら、左腕を包み込む温かい体温についてはなるべく意識しないように努める。

「ねえ、フレイ……」

サンが演舞を止めて、訝しげな表情をその顔に浮かべて俺へと話しかけてくる。

「どうした？」

「それ……イスナ姉だよね？」

そして、その怪訝な表情を更に色濃くして、何か不気味な物でも見るような目をしながら、俺の腕に力強く抱きついているイスナを指差した。

妹にそれと呼ばれた彼女を見る。

その顔には母親を彷彿とさせる、幼さと魔性が奇跡的な配分で融合しているような笑顔が浮かんでいる。

結局、一晩経ってもイスナが元に戻ることはなかった。

それが俺にとって喜ばしいことなのかどうかは非常に複雑なところだが、この朝練にイスナの姿があるという光景が実現できているのはなんとも不思議な気分だ。

「あら、私以外の何に見えるのかしら？」

イスナは俺の腕にしっかりと抱きつきながら、これまでと変わらない口調で妹と接している。

「見た目はイスナ姉にしか見えないけど……」

「けど、何よ」

「あんなにフレイのことを嫌ってたのに、どうしちゃったの？　何か変な物でも食べた？」

同じく俺のことを最初は嫌っていたサンをしても、この変わりようは流石に異様に映るようだ。その顔に、言葉では表現しづらい不可解な表情を浮かべている。

「そうね……強いて言うなら、真理という名の果実を食べたわね」

「何それ？　美味しいの？」

「ええ……この世の物とは思えないほどに甘美だったわ……。また、何度でも味わいたいほどに……」

イスナは陶酔するような蕩ける声でそう言いながら、自分の首筋にまだ残っている俺が付けてしまった痣を指先で撫でている。

腕からイスナの身体が僅かに身震いしたのが伝わってくる。

一体何を想像しているのかは分からないが、あまり良い予感はしない。

「ふーん……」

「で、でも……イスナ姉さんと先生が仲良くなってくれたのは、良いことです……よね？」

同じように困惑気味なフィーアも会話に加わってくる。

確かに、あの蛇蝎のごとく俺を嫌っていたイスナが素直になんでも聞いてくれるようになったという点だけを切り取ればこれ以上にないくらい良いことだ。

「いっつもご飯の時に、人間のくせに～人間のくせに～って言ってたのにね」

「……あんまり昔のことを言わないでよね」

イスナがそう言って、少し不機嫌そうな目つきでサンを睨む。

「昔って……ほんの少し前のことじゃん」

「昔は昔よ。それを言うなら、貴方だって最初はそうだったでしょ」

「むっ……それはそうだけど、でもイスナ姉ほどじゃなかったし」

「何よ、姉に向かってその目は……」

「二人共やめろ。喧嘩するな……」

不毛な言い争いを始めた二人を諫める。

妙な形とはいえ、せっかく俺のことを認めてくれたというのに姉妹仲が険悪になってしまっては元も子もない。

「「はーい……」」

二人の返事が重なる。

「それとイスナ……、そろそろ離れてくれ」

「えー……、離れたくなーい……」

「えー、じゃない。こうくっつかれたら何もできないだろ」

「もう……分かったわよ……」

少し強めの口調で言うと、イスナは不満げな顔をしながらもその柔らかい身体を俺から離した。

残念だなんて微塵も思っていない。思っていないからな？

「それで、お前に少し頼みたいことがある」

「え⁉ 何⁉ なになに⁉ 貴方が望むことならあんなことでもこんなことでも何でもするわよ！」

そう告げるとしょんぼりしていたイスナは一瞬にして元気を取り戻す。

黒い尻尾を左右にぶんぶんと振りながら、俺の服を手で引っ張るその様はまるで散歩に連れて行ってもらえることを察した犬のようだ。

「落ち着け……。サンをそろそろ次の段階に進ませようと思ってな」

「え⁉ 何⁉ 次の段階って⁉ もしかしてかっこいい必殺技とか教えてくれるの⁉」

それを聞いたサンもその手を止めて、俺のほうへと駆け寄ってくる。

大きな犬が二匹に増えた。

「お前も落ち着け……。次は体術に魔法も組み合わせていく段階だ」

「え～……魔法やだ～……」

魔法という単語を聞いた途端、サンはイスナとは逆にその表情を心躍っているものから、気乗りし無さそうなものへと一瞬で変貌させた。

魔法が苦手という情報は知っていたが、そこまでか……。

エルフという種族は本来魔法が比較的得意な種族のはずだが、サンは例外らしい。

「苦手なことから逃げてたらいつまでも強くなれないぞ」

「う～……分かったよ～……」

「それで、私は何をすればいいのかしら？」

口を尖らせるサンを尻目に、イスナが尋ねてくる。

「簡単な魔法の実演をしてもらおうと思ってな」

「実演？　それは構わないけど……、普通の魔法に関しては私より貴方のほうが良いんじゃないのかしら？」

俺と魔法で対決した時のことを思い出しているのか、少し戸惑うような口調でイスナがそう言った。

「いや、単純な実力はともかく俺の魔法は自己流でかなり雑だからな。ちゃんと覚えるにはお前のほうが綺麗で向いてる」

前に一度だけ見せてもらったイスナの魔法は教科書に載せても良いくらいに基本に忠実だった。

「綺麗だなんて……そんな……、えへ……えへへ……嗚呼、本当に幸せ……この気持ちさえあれば他には何も必要ないわ……」

俺に褒められたことがそこまで嬉しいのか、イスナは照れながら両頬に手を当ててその肢体をくねくねと動かしている。

本当に、どうしてこうなってしまったんだ……。

「……それじゃあ、早速頼む」

「は～い！」

気分の良さそうな返事をして準備を始めるイスナ。

広場を見渡すと、すぐにちょうど良さそうな感じの木が見つかった。

「あの木だな。あれに向かって、そうだな……三つ繋いだくらいの魔法を撃ってみてくれ」

「分かったわ。三つね」

「あの～……先生？　私も見てていいですか？」

イスナに指示を出していると横からフィーアがそう聞いてきた。

「ああ、もちろん。今から解説も交えるからサンと一緒にちゃんと聞いてるんだぞ」

フィーアに魔法を交えた体術はまだ無理だが、単に魔法の手本として見てもらう分には問題ない。

「こんな風に見られてると、なんだか妙に緊張するわね……」

サンとフィーア、そして俺に見守られながらイスナが魔法の実演を始める。

「二人共、昨日の授業で説明した魔法の行使に関する基本的な工程は覚えてるな？」

見物している二人に質問すると、フィーアは小さく頷き、サンはわざとらしく視線を逸した。

全く……、まあサンに関しては言葉で覚えるよりも感覚で覚えてもらうほうがいいのかもしれない。

「まずは魔素の認識だ。大気中にある魔素の存在を感じるんだ」

覚えていなさそうなサンのために、イスナの魔法に合わせて一から解説を行っていく。

認識と言っても目や耳などの感覚器官を使うわけではない。

強いて言うなら第六感とでも言うべき感覚を使ってそれの存在を認識する。

最初は難しいが、一度でもできれば後は意識する必要すらなくなる工程だ。

この時点では術者、つまりイスナに外見的な変化はない。

「次に魔素の受容だ。魔素を自分の身体に取り込んでいく」

感覚的には取り込むというよりも、そこに存在している魔素と器となる自分の身体の境界線をなくすという表現の方が近いかもしれない。

しかし、いきなり詰め込みすぎると混乱してしまうかもしれないので、ここはそういう表現で留める。

「魔法の規模ってのは、ここでどれだけの魔素を一度に取り込めるかどうかに関わってくる」

この時点で、イスナを中心とした大気の流れ、空気の渦のようなものができ始める。

「次は一番大事だと言った付与と連結だ。取り込んだ魔素に属性を与えて、つなぎ合わせていく」

「飛翔する炎の矢《イグニ・サジタ・フーガ》！」

イスナが三つの呪言を詠唱すると、突き出した手のひらの前方にそれを示す魔法陣が現れる。

「うぅ～……難しそ～……」

サンはそれを見て苦悶の声を上げている。

試験まではもう二ヶ月と半月ほどしかない。

その短期間でどこまでできるようになるかは分からないが、最低でも今イスナが行使している規模の魔法くらいは覚えてもらう必要がある。

「そして最後に増幅と放出だ。まずは自分の体力を使って体内で魔法を増幅する」

この時点でイスナを中心とした大気の流れは最大になり、長く綺麗な深緑の髪が大きく無造作になびいている。

「最後に放出だ。文字通り、媒体を通して生成した魔法を外界へと放出させる」

俺がそう言うと同時に、完成したイスナの魔法が放出された。

イスナの前方に現れた魔法陣が輝き、そこから炎の矢が一本だけ射出される。

それは俺と魔法勝負した時に使った魔法の簡易版。

射出された炎の矢は目標である木へと一直線に飛翔し、そして突き刺さり、炎上させた。

「おお～……」

「わぁ～……」

サンとフィーアの歓声を上げながら、小さく拍手している。

イスナは満更でもなさそうに得意げにしている。

「というわけで、今説明したのが魔法の行使に関する一連の流れだ。分かったか」

「分かったような……全然分からなかったような……う～ん……」

「む、難しそうです……」

自身にとって未知の技術を前にして頭を抱える二人、残された時間で果たしてこの子たちをどこまで引き上げられるか……。

「あ……あれ……？」

二人を見ながら改めてこの案件の難しさを感じていると、隣でイスナが少し間の抜けた声を出した。

「どうした？」

「え？　あ、うん……その大したことじゃないんだけど、火がいきなり消えたっていうか……」

「ん？　火が？」

イスナが視線を向けているほうに俺も視線を移す。

その先にあったのは先程イスナが魔法を放った木だが、さっきまでパチパチと音を立てて少し燃えていたその火が完全に消えている。

「魔素の量を少なくしたのか？」

魔素由来の炎はそれを使い尽くせば当然消える。

だからいちいち消火しにいくこともしなかったのだが……。

「そういうんじゃなくて……なんかパっとその場からなくなるように消えたというか……何だったのかしら……」

「パっとその場からなくなるように……？」

見ていなかったのでなんとも言えないが、術者であるイスナが戸惑っているのは妙だ。

そう考えながら、疑惑の木のほうへと視線を向けているとその更に奥側にある雑木林の中で、何かが動くのが見えた。

ん？　あれは……。

どこかで見たことがある色の影が、雑木林の奥のほうへと進んで行った。

「イスナ、この子たちの面倒を少し見ててやってくれ」

「え？　ちょっと、どこに行くの？」

「少し野暮用だ！」

戸惑うイスナを尻目に、影が消えていった場所、雑木林の奥へと足を踏み入れていく。

そうしてしばらく歩いていると、ロゼと初めて会った小屋があった場所を彷彿とさせる少し開けた場所に到達する。

地面から低く生えた草が踏まれてできた痕跡は、その場所の中央にある一際大きな木へと続いている。

そして、その根本にある大きな洞《うろ》の中に、探していた人物の姿を見つけた。

「やっぱり、フェムだったのか」

「ふぇっ!?」

その中で縮こまって何かをしていたフェムに対して声をかけると、身体をビクっと震えさせた。

「おっと、すまんすまん。驚かせたな」

「な……なんで……」

目深に被った布によって作られた暗闇の向こう側から突然現れた俺を見て、困惑しているのがはっきりと分かる。

「いや、ちょうどサンらと訓練してたらこっちに来てるお前の姿を見かけてな。朝からこんなところで何をしてるんだ？」

身を縮こまらせているフェムをこれ以上怯えさせないように、穏やかに声をかける。

ここに至るまでの道程は、誰かが何度も行き来していることがはっきりと分かる痕跡が残っていた。つまり、フェムが普段からここに来て何かをしているということだろう。

それから何か会話の糸口を掴めれば、この謎すぎる五女との距離を縮められるかもしれない。

「えっと……本……」

頭をすっぽりと覆っている布の向こう側から、か細く可愛らしい声が響いてくる。

「本……？　なるほど本を読んでたのか」

俺がそう言うと、フェムは小さくこくりと頷いた。

そういえばあの書類には、この子は読書好きだということが記載されていた。

あまり良いこととは言いづらいが、授業中に一人で教科書を先へ先へと読み進めているようなこともある。

「確かに……静かで本を読むには悪くなさそうな場所だな」

フェムは再び小さく頷いた。

多少服が汚れたりするかもしれないが、うるさいのが若干名いる屋敷よりは良い場所かもしれない。

「ちなみに、どんな本を読むんだ？」

俺もそれなりに読書はする。

もし共通の話題が見つかればこの照れ屋すぎる少女と仲良くなれる良い機会になるかもしれない。

そして、それとは別に魔族はどういう本を読むのだろうかという興味もある。

俺の問いかけに対して、フェムは言葉では答えずにもじもじと照れくさそうにしながら、一冊の本を両手で持って俺の見える位置へと掲げた。

「そ、それは……！『アーステラ物語』じゃないか！」

その表紙を見て、思わず驚愕の声を上げてしまった。

それは人間の俺にとっても非常に馴染み深い書籍だった。

『アーステラ物語』、それは架空の世界アーステラを舞台にした娯楽小説。

本当に存在するのではないかと思うほどに作り込まれた世界観と、多数の魅力的な登場人物たちが織りなす物語によって、娯楽の少ない平民間でも老若男女問わずに人気を博している小説だ。

「フェムも好きなのか!?」

「……も？」

突然興奮しだした俺に対して少し狼狽えるような様子でフェムはそう言った。

そんなフェムに対して、俺は服の内側から一冊の本を取り出す。

「奇遇なことに、俺も好きなんだよな」

そして、全く同じ表紙のその本を見せる。

読書好きとは知っていたが、まさか人間界の娯楽小説が好きだとは思わなかった。

どうやって入手しているのかは定かでないが、意外な共通点を持てたのは喜ばしいことだ。

「フェムはどの話が好きなんだ？」

同士が見つかった興奮のままに続けて尋ねる。

フェムは少し考え込むような仕草を見せてから、ローブ越しに腕を前に突き出した。

それは以前の食事中に、エシュルさんに対して行っていた動作。

よく見ると、それは親指を突き立てているのか、布の上部がテントのように張っているのが分かる。

「そ、それは……まさか……！」

あの時は何をしているのかよく分からなかったが、フェムが同じ小説を愛好していると知った今ならはっきりと分かった。

「第三巻、自動人形のアーソルドが溶岩の中に沈んでいく場面か！　確かに、あれは涙なしには語れない名場面だ……！」

フェムも少し興奮気味に、いつもより大きく何度も首を縦に振った。

「……先生は？」

「俺？　俺はそうだな。甲乙つけ難いが――」

まさかの場所で同好の士が見つかったという興奮のまま、フェムとしばらく話し込んでしまう。

そして、一時間ほどが経過した頃――

「ちょっとー！　何してるのー？　どこにいるのー？」

俺が来た方向からイスナが呼ぶ声が聞こえてくる。

「……イスナお姉ちゃんの声？」

「おっと……しまった……。つい話し込んで、あいつらのことを忘れてた……」

朝練の事を完全に忘れてしまうほどに話し込んでしまっていたようだ。もっと話したい気持ちはあるが、これ以上は授業の時間に遅れてしまう。

「あっ、いた！」

そして、声が聞こえていた方向、木の向こう側からイスナが姿を現す。

その露出度高めの服装でよく雑木林の中を通って来られたなと少し感心してしまう。

「もう、何してるのよ」

「すまんすまん、ちょっとフェムを見かけて何してるのかと思ってな」

「フェム……？　あら、貴方もいたのね……こんなところで何してたの？」

俺の陰に隠れたフェムの姿をイスナが見つける。

「えっと……その……」

「まあ、なんでもいいけど……。そろそろ授業の時間よ、準備なさい」

「うん……」

イスナにそう言われてフェムが立ち上がろうとする。

それを手伝うように手を貸してやると、フェムは特に躊躇するような様子も見せずにローブの上からその手を掴んだ。

そして、腕に力を込めて立ち上がらせようとした時——

その頭の上にあった木の一部に、フェムの着ているローブが引っかかった。

「あっ……」

気がついた時にはもう遅かった。

引っかけたまま立ち上がったことで、頭を覆っている部分が外れ、これまでずっと隠されていたフェムの頭部が露わになる。

僅かに射し込んできている陽光を受けて輝く銀色の髪。

まだ幼さの残る、可愛らしく整った目鼻立ち。

突然の出来事に驚いたのか、その目は大きく見開かれている。

そして、最も目を引いたのはその身体が若干ではあるが透けていること。

髪の毛も肌も透けて、その身体越しに向こう側の景色が僅かに見えている。

透明感のある白い肌が朱色に染まっていく。

そして――

突然、耳鳴りのような鼓膜を揺らし始めた。

「何だ……?」

「な、何この音……?」

俺以外にもしっかりと聞こえているのか、イスナが困惑の声を上げたと同時に全身を凄まじい悪寒が包み込んだ。

いつの間にか、俺とフェムの中間地点辺りに、握り拳ほどの大きさの真っ黒な球体が現れていた。

虚空に開いた穴のような、一切の光沢もない真っ黒な球体。

それは超々高密度な魔素そのもの。純然たる力の塊。

この悪寒の源がそれであることを知識や理性ではなく、本能で理解した。

「二人共！　危ない！」

「え!?　な、何!?」

そう叫んで、まだ困惑しているイスナと呆然としているフェムの身体を自分のほうへと引き寄せる。

そして、謎の黒い球体と俺たちの身体の間に全身全霊の力をもって魔力による障壁を張る。

その直後——

障壁の向こう側にある黒い球体が爆ぜ、目の前が太陽の光も一切届かない真っ暗闇に包まれた。

障壁を展開する両手にまるで大型の魔獣か竜を支えているような負荷がかかる。

「こ……のっ……！」

「何よ何よ！　何なのよ！　何が起こってるのよっ！」

その破滅的な侵食から二人を守るために、体力の限界まで魔力を放出し続ける。

とにかく障壁を維持することだけに集中する。

一体何が起こったのか全く分からないが、今は余計なことを考えている暇はない。気を抜けば一瞬にして全てが持って行かれる。

「はぁ……はぁ……」

そして、永遠のように長く感じた数秒の後、腕にかかっていた負荷と眼の前に広がっていた暗黒が一瞬で消失した。

隣にいた二人の無事を確認すると、体力の限界を迎えた身体が自然と腰から地面に落ちた。

そして束の間の安堵の後、目の前に広がった光景に愕然とする。

あの球体があった場所、周囲十メルトル以上にも及ぶ範囲の地面は俺の障壁の範囲内を除いて完全な更地となり、その範囲に生い茂っていた木々は跡形もなく全て消失してしまっている。

そして、ほんの少し前までは木々に遮られて少し薄暗かったはずの場所が、今は太陽の光が多分に注がれ、そこにいる俺たちを強く照らしている。

隣ではイスナもその光景を見て、目を大きく見開いて言葉を失っている。

ただただ呆然とするしかない理外の出来事、その原因があれだということは明らかだ。

そう考えながら、その発生源と思われる少女へと視線を移す。

フェムは俺がその顔を初めて確認した時と全く同じ姿のまま、目を大きく見開いて固まっていた。

「あ……あぁ……」

フェムは事の重大さに恐怖するように、その声と身体を震わせている。

「フェム……、大丈夫か？　一体、今のは……」

その身体が無事かどうか確認するために手を伸ばす。

「ひっ！　ご、ごめんなさい……！」

「お、おい！　待て！」

彼女は恐怖を浮かべ俺の手を振り払った。

そして再びローブを目深に被って立ち上がると、腰を抜かしているイスナと体力が底を突いた俺を置いて屋敷のほうへと向かって逃げるように走り去って行った。

俺とイスナはそんなフェムを追うことはできずに、ただ破壊の跡を呆然と見つめることしかできなかった。

“　”

「……お前は何か知っていたんじゃないのか？」

今朝の出来事を受けて、今日の授業を中止することにした俺は面談室でロゼと向き合う。

そして、事のあらましとあの破壊の跡を確認してもらった上でそう問いかけた。

「フェム様の周囲で魔法に関する異常現象が発生するということは確認しておりましたが、これまでは精々魔法道具の誤作動や、低位階魔法の消失程度のことでした」

低位階魔法の消失……。

だとしたら、さっきイスナの魔法による炎が消えたのも、あの時周辺にいたフェムのせいである可能性が高いってことか……。

「そのくらいのことは資料にも書いてあったが、あんなことまで起こるのはお前たちも知らなかったってことか？」

ロゼに尋ねながら、資料に書いてあったことを思い出す。

確かに母親や魔族の研究者たちにも原因不明の異常現象がフェムの周囲で時折発生するとは書かれていたが、その内容はロゼが言ったような些細なことで、あんな大爆発に関することは書いてなかった。

「はい、そうなります」

ロゼの顔は相変わらずの無表情で、知っていることを全て包み隠さずに話しているのか、それとも何か隠し事をしているのかは分からない。

「そうか……。それで……どうするんだ？」

「どうする、とは？」

ロゼは俺の質問に対して、真面目な顔でとぼけているような言葉を口にした。

「もちろんフェムの今後に関してだ。お前たちでも全く把握できていない原因不明の暴走を抱えたままで、このままここで暮らしていけるのか？」

今回は運良く外で、それも俺が近くにいたことでなんとか事なきを得た。

しかし、もし俺がいない場所、そして他の子たちを巻き込む場所でまたあれが起こったらと考えると正直ぞっとする。

この屋敷もある程度の対魔法強度は備えているだろうが、それでも戦略級魔法と呼べるほどの威力を見せたあれに耐えられるとは思わない。

「お言葉ですが、フレイ様。私はそれを判断する立場にありません」

「じゃあ誰だ？　魔王にでも申し立てればいいのか？」

「いえ、ハザール様にもその権利はございません」

「は？　魔王になかったら誰にあるって言うんだ？」

まさかそれより上の権力者がいて、全てはそいつが仕組んでいることだとか言い出さないよな。

「この場において、お嬢様方の処遇を決められるのは当人と……貴方だけです」

「は？　お、俺⁉」

「はい。ここでのお嬢様方の処遇に関する判断は、全てフレイ様に一任されています」

予想の斜め上を行った返答に困惑する俺に対して、ロゼは再びそれが冗談ではなさそうな口調で応じた。

どうやら全く知らない間にそんな権力が付与されてしまっていたらしい。

「それはつまり……教師役だけじゃなくて、汚れ役までやれってことか……？」

「そこまでは言っていません」

「それなら他にどういう意味があるんだ？」

これまでの話を統合した限りでは、フェムがここにいることに危険があると言うならお前が引導を渡せと言っているようにしか聞こえない。

確かにその話を振ったのは俺ではあるが、まさか判断までしろと言われるとは思ってもいなかった。

「そうですね……これは私個人の考えですが、フレイ様ならフェム様をより良い方向へと導けると思っています」

ロゼは俺の顔を真っ直ぐに見据えながら一切の迷いなくそう言い切った。

「導く……？」

「はい」

「……それはつまり、あれを俺に何とかしろってことか？」

「そう取っていただいても構いません」

冗談を言っているとは思えない口ぶりのロゼを見る。

俺をしても二人を守り切ることで精一杯だったあれを、フェムが制御できるように指導しろとこのメイドは言っているわけだ。

「なかなかきつい冗談だな……」

自嘲するようにそう言いながら思い出すのは、あの魔法の圧倒的な破壊力。

単独で行使された魔法としては、二十年と少し生きてきた中であれよりも規模の大きい物は見たことがない。

とてもではないが、俺一人でどうにかできるような代物ではない。

「流石に命がいくつあっても足りないな……」

しかし、そう考えながらも頭の片隅では、あの時のフェムの顔が浮かんだままでいる。

恐怖と動揺、そしてまるで自分が他者と関わってしまったことを後悔するような表情。

目の前であんな顔を見せられ、それが頭の中から消えることなく残り続けている時点で、俺のやるべきことは決まってしまっていたのかもしれない。

「……ロゼ。用意してほしいものがある」

「はい、何なりとお申し付けください」

ロゼは俺が最初からそうすることが分かっていたかのように間髪入れずに答えた。

決意を固めて、必要な物をロゼに口頭で伝えていく。

かなり無茶な要望だが、全てを俺に丸投げする以上はこれくらいはやって然るべきだろう。

思いつく限りの必要な物をロゼに伝え終えた後、すぐに面談室から退出してあの子のもとへと向かう。

長い廊下を早足で抜けて、都合三度目となるあの子たちの居住区域、そこにある五女の部屋を示す文字が書かれた扉の前に立つ。

大きく深呼吸をしてから扉を手で叩くと、向こう側から僅かではあるが人の気配を感じた。

「フェム、いるか?」

その気配に向かって声をかけると、微かな衣擦れの音が扉の向こう側から聞こえてきた。

どこか別の場所にいて空振る可能性も考えたが、この室内にいるのは間違いなさそうだ。

「さっきのことなら気に病む必要はない。俺もイスナも湯浴みして汚れを落とす必要があった程度で、怪我はしてないから安心していいぞ」

その言葉に対して、部屋の中からほんの少しだけ安堵の空気が伝わってくるが、俺に対して明確な反応が返されることはない。

怪我がなかったのは運が良かっただけで、自分が危険だという問題の根本は何の解決もしていないので当然と言えば当然だが。

しかし、この反応は当然想定していたので、諦めずに続けて言葉を紡いでいく。

「それにしてもすごい魔法だったな。二十年以上生きてきて……あんな規模の魔法は初めて見た。すごい才能だ」

しかも、暴走したとはいえそれを単独で行使したのだから驚き以外の感情は湧いてこない。

それを才能と評したのは機嫌取りではなく、心からの言葉だ。

「……お前はあれをどうしたいと思ってるんだ？」

あの暴走に関しては、ロゼや姉妹の誰もが知らなかった。

それはつまり、誰にも迷惑をかけたくないと考えて、この子があの小さな身体に一人で抱え込んできたということに他ならない。

もしかしたら誰も知らないところで過去に何かあったのかもしれない。そこまで詮索するつもりはないが、ある程度の想像はつく。

しばらく待つが、まだ返事は戻ってこない。

「今、ここにいるってことは……自分でもあれを何とかしたいと思って来たんだろ？　もしかしたら変われるかもしれないって思って」

それでも諦めずに、まだ扉の向こうへと向かって語りかける。

フェムも伊達や酔狂、ただ父親の命令だからといってここにいるわけではないはずだ。

本当に他者を遠ざけたいと思っているのなら、もっとやりようがあるはずだ。

ロゼもこの子たちの処遇を決められるのは当人か、俺だけだと言っていた。つまり、それはフェムが自分の意思でここにいることに他ならない。

そう考えた時、扉の向こう側から何かが動く音がはっきりと聞こえる。

それはゆっくりと、しかし確実に此方へと向かってくる。

そして——

僅かな音を立てながら、扉がゆっくりと開かれた。

「先生……私……」

布で覆われた暗闇の中から掠れた声が響く。

「大丈夫だ。全部、俺に任せろ。こう見えてもお前らの先生なんだからな」

親指を立てた握り拳をその暗闇の中からでも見えるようにしっかりと突き出して、そう宣言した。

〝

フェムの説得にとりあえず成功し、新たに固めた決意を胸に廊下を歩く。

任せろとは言ったが、現実はそう簡単な話ではない。

あの規模の魔法を行使する一個人と相対し、それを制御できるように指導するなんてことは当たり前だが初めての経験だ。これまでやってきた魔法指導の常識も全く通用しないと考えるべきだろう。

しかし、だからと言って泣き言を言う暇はない。やらなければ俺にもあの子にも先はないと考えて取り組むべきだ。

それに先立って、フェムにはとりあえず今はゆっくり休むように告げた。

あの規模の魔法を行使するには、身体や精神には相当の負荷がかかっているはず。これからのためにも今はしっかりと休んでもらう必要がある。

「さて……その間に俺は俺のやるべきことをやらないとな……」

自分の決意を固めるために一人呟く。

ロゼに頼んだ物が揃うまでにもやらなければいけないことは山程ある。

「フレイ……」

「先生……」

今後やるべきことを考えながら、姉妹たちの居住区域から出ようとしたところを背後から声をかけられる。

振り向くと、サンとフィーアの二人が自室の扉の前に立っていた。

「お前たちか……、どうした？　そんな顔して」

「ねえフレイ……、フェムに何かあったの？」

ただならぬ不穏当な気配を感じ取ったのか、いつもは勝ち気なサンが心配そうに尋ねてくる。

「大丈夫だ。心配するようなことはない。それよりも、お前はしっかりと自分の勉強をしろ」

「うへぇ……」

心配させすぎないようにそう言ってやると、サンは舌を出して嫌そうな顔を見せる。

「先生、本当に大丈夫なんですか……？　さっき……森のほうから聞こえたすごい音って――」

「大丈夫だ。何の心配も要らない」

フィーアが言いかけた言葉を遮るように、同じ言葉を繰り返す。

一番下の妹のことが心配なのは分かるが、それが原因でこの子たちまで余計な心労を重ねる必要はない。

「でも……」

「フィーア。私たちはこの人を信用して大人しく待っていればいいのよ。でしょ？」

またフィーアが何かを言いかけた時、扉を開けて自室から出てきたイスナがそう言った。

「……ったく、お前まで聞いてたのか……」

三人全員に、さっき俺がフェムに言った言葉を聞かれていたのかと思うと、少し気恥ずかしくなる。

「とにかく、イスナの言う通りだ。大船に乗ったつもりで待ってろ。俺の仕事はお前ら五人全員を揃って試験に合格させることだからな。だからイスナ、しばらく授業は休みになるから、サンが自習をサボらないようにしっかり見張っててくれ」

「ええ、もちろん。貴方の仰せのままに」

「さ、サボったりなんかしないし……」

考えを見透かされたからか、バツが悪そうにしているサンを横目に、イスナがつい先日までは考えられなかった返事をしてくれる。

「……アンナもな、頼んだぞ」

長女の部屋の扉へと向かってそう告げると、木製の扉が音を立ててゆっくりと開き、室内から後ろで結ばれた赤い髪を揺らしながらアンナが出てくる。

「気づいていたのか……」

「まぁな。お前も俺が見れない間、妹たちの世話を頼まれてくれるよな？」

他の三人と比べると、あまりフェムのことを心配しているようには見えないアンナにも同じことを頼む。

「まあ、私の鍛錬に影響が出ない程度ならな」

一応の了承を得るが、その口調からはあまり乗り気ではないことがひしひしと伝わってくる。

「ああ、頼んだぞ。お姉ちゃん」

しかし、ここでそれを追求しても詮なきこと、今は他の子たちの自主性に任せることにしよう。

そう考えて、今度こそ自室へと戻る。

そして、部屋に到着するとすぐに机の上を片付けて必要な物の製作に取りかかる。

あの魔法を制御するために必要な物。それは外的な魔法制御の道具だ。それも半端な物ではなく、考えうる限りで最高の物が必要になる。

そう考えて、必要な時以外は一切の外出をせずに部屋の中に篭もってその製作に没頭し続けた。

そして、ほとんど眠ることもせずに、数日が経過した頃。

入口の扉を開けて久しぶりの来訪者、ロゼが部屋の中へと入ってきた。

「フレイ様。ご要望の品々が揃いましたのでお持ちいたしました」

そして、そう言いながら食事とは全く違う、食欲の湧かない物品の数々が給仕用の台車に載せられて運ばれてくる。

「……全部用意できたのか？」

「はい、全て用意しました」

いつもと変わらない無表情のロゼの前で、その品々を確認していく。

グリフィンの羽毛。アラクノの粘液。サラマンダーの油。コカトリスの嘴。バジリスクの鱗。ミスリル鋼に、セレナイトなどなど、注文通りの様々な魔法道具製作のための素材が間違いなく揃っている。

そして、最後に確認するのは机の上に大事そうに置かれた小瓶。

それを手にとって半透明の容器越しにその中身を確認する。

古龍種の骨髄液。

実物を手にするのは当然初めてだが、持っただけで感じられる魔力でそれが本物であると分かった。

まさか自分の人生においてこれほどの品を手にする機会が来るとは思いもしなかった。それも魔王の娘のためにだ。

人間の世界で用意しようと思えば国家予算規模の金が必要になるほどの品だ。王族や拝命貴族の連中でも、たった一人の教育にここまでの費用をかけることはそうないだろう。

「ご要望の品は以上でよろしかったでしょうか？」

「ああ、間違いなく全部揃ってる。……ありがとな」

「いえ、礼には及びません。これが私の役割なので」

ロゼはそう言って控えめな礼をしてから部屋の外へと静かに出ていった。

そして、俺はその胸が躍る品々を前に心を新たにして、フェムのために必要な物の製作に本格的にとりかかった。


〝〟


「で、出来た……」

完成したそれを前にして、危うく力尽きそうになるのを堪える。

ロゼから品を受け取ってから、窓の外に見える空は既に数度目となる朝日を見せてくれている。

この数日間、起きている時間はほぼ全てこれのために使い切ってしまった。

途中でロゼが持ってきてくれた食事を口にする程度の休憩は挟んだが、それ以外では一睡すらしていない。

あのロゼでさえもが少し心配するような言葉をかけてくれるくらいに自分が心身ともに疲労困憊しているのが分かるが、まだゆっくりと休んでいる時間はない。

ベッドに飛び込みたくなる誘惑を堪えて、完成したそれを持ってすぐに部屋を出る。

フェムにはあの日以降、万一のために備えて本館から離れた場所にある離れで生活してもらっている。

疲れの影響で若干重たい足を動かして、フェムの部屋へと向かう。

到着してそのまま扉をノックすると、既に起きていたのか、すぐにいつもと変わらないローブに全身を包んだ少女が姿を現した。

「おはよう、特別講習の時間だぞ」

「……特別講習？」

「そうだ、あの魔法を制御できるようになりたいんだろ？」

フェムは少し逡巡するように頷いた後、顔を上げて小さく頷いた。

今更怖じ気づかれたらどうしようかと思っていたが、まだやる気はあるようで何よりだ。

「それなら俺を信じてついて来てくれ」

再び小さく頷いたフェムを、屋敷裏の広場その更に先にあるあの場所へと連れて行く。

「ここで……？」

「ああ、ここならもし何かあっても安全だろ？」

そこはあの時魔法が暴走した旧雑木林跡。

生い茂っていた植物は消失し、今は綺麗な更地になっている。

奇しくも大規模な魔法の訓練を行うにはもってこいの場所と化したことになる。

「何か……」

フェムはあの時のことを思い出しているのか、少し頭と肩を落としている。

「大丈夫だ。前みたいなことはもう起こらない。なんたって俺には秘密兵器があるからな」

「……秘密兵器？」

「ああ、これだ」

小脇に抱えていたそれをフェムによく見えるように差し出す。

「……何これ？　……手袋？」

フェムはそれを見て戸惑っているかのように小首を傾げた。

個人的にはもう少し驚いてほしかったが、何も知らない状態で見ればまあこんな反応だよな。

「これはいわゆる杖ってやつだな」

「……杖？」

見た目はどこからどう見ても手袋、というよりは篭手なそれを眺めながら、フェムは更に深く首を傾げた。

「人間の世界だとな、魔法を制御するための道具を総じてそう呼ぶんだ。見た目に関係なくな」

そう呼ばれるようになった経緯は不明だが、よくある木で出来た棒状の物から果ては俺が今用意した篭手型の物まで何でもそう呼ばれる。

俺の説明に対して少し感心しているような反応を見せているフェムの前でそれを装着する。そして、手を軽く動かしてみる。

性能と早さ重視で仕上げたせいか見た目は少し無骨だが、問題は無さそうだ。

「よし、それじゃあフェムも準備はいいか？」

動作確認後、フェムと向かい合って尋ねる。

「準備って言われても……私……何すれば……」

「そうだな、準備って言ってもお前はまだ特に何かすることはない。必要なのは心構えだけだ」

この子がまだ独力であの魔法を発現することができないのは分かっている。先日のあれはあくまでも暴走した結果だ。

そして、それが暴走することになったきっかけは既に分かっている。

フェムの立っている場所へと更に一歩近づくと、恐れからかその身体が僅かに震えている事が分かる。

少し可哀想になってくるが、あれを制御できるようにならなければ今にもっと大事になる可能性がある。

「心構え……？」

「ああ、まず今からお前の魔法を意図的に暴走させる」

「ぼ、暴走……？」

その不穏当な単語を聞いて狼狽えるフェム。

「そうだ。でも安心しろ。今回は俺がお前に代わってあの魔法の制御をする。こいつを使ってな」

また篭手をフェムの見える位置へと持ち上げて続ける。

「その間に、お前はあの魔法がどういうものなのか、まずはじっくりと観察するんだ」

「観察……」

「できるな？　あの魔法を自由自在に操れるようになりたいんだろ？」

不安そうに顔を伏せたフェムに向かって少し強めの口調で言う。

先はまだまだ長い、こんなところで怖気づかれては困る。

「……うん」

「よし、それじゃあ深呼吸しろ、身体の緊張を解すんだ」

俺の言葉に大人しく従い、フェムが大きく息を吸って吐いてを繰り返す。

その小さな身体の震えが収まったタイミングを見計らって、その頭部を包む布に手をかける。

「……ふぇ？」

そして、心を鬼にしてそれを一気に剥ぎ取った。

日の光を受けてキラキラと輝く銀髪、そしてまだ幼さが強く残る顔が再び現れた。

「え？　……え？」

突然のことに困惑するフェムと視線が合う。

少々強引だが、この子のためにも今はこうするしかなかった。

僅かに透けたその白い肌があの時と同じように真っ赤に染まっていくと同時に、あの時聞いた嫌な耳鳴りのような甲高い音が聞こえてくる。

そして、魔素が収斂《しゅうれん》される時に生まれる大気の流れを伴い、俺とフェムのちょうど中間地点に再びあの漆黒の球体が現れた。

あの時と変わらない、身の毛もよだつほどの純然たる力の塊。

しかし、今回は腰を抜かしている暇はない。大きく息を吸って、篭手を装着した腕をそれに向かって突き出し、握り潰すほどの渾身の力を込めて奔流の中心にあるそれを掴む。

篭手越しに触れて初めて分かるその理不尽さ。

魔法の行使に必要な基本的な工程さえ無視した、属性も連結も何もないひたすら増幅し続けるだけの魔力の塊。

俺が今なんとか押さえつけているのは、これを魔法と称して良いのかとさえ思えるほどに滅茶苦茶な存在だ。

「くっ……！」

想像していた以上の負荷を右腕に感じながら、その負担を何とか軽減するために右肘の部分を左手で押さえる。

少しずつ、だが着実に、その名状し難いデタラメな魔法の制御を行っていく。

王宮御用達の魔術師でも目玉が飛び出るような費用で作ったこの杖がなければ間違いなく右腕は既に消し飛んでいる。

「せ、先生……」

「魔法に意識を集中しろ！」

魔力の乱流に紛れて耳に届いたフェムの心配そうな声に対して、そう言い返す。

意図せず語気が強くなってしまうが、今はそんな気遣いをしている余裕すらない。

今、この魔法の制御の九割以上は俺が担っている。

まずは残る一割未満をフェムに制御させる。

そして、習熟に応じてその割合を少しずつ増やしていくことで、最終的にこの魔法を完璧に制御できるようになってもらうのがこの特訓の目的だ。

かなりの力技ではあるが、未知の魔法であることと、時間的な猶予を考えればこの方法しかない。

「しゅ、集中……」

「目の前のこいつをよく観察して……、これがどういう物なのかを認識するんだっ！」

俺の必死さが伝わったのか、フェムはそれをじっと観察し始める。

暴走しているとは言え、これは紛れもなくフェム由来の魔法だ。それが本人に制御できないなんてことはありえない。

フェムが観察を続いている間、俺はひたすらそれの膨張を力ずくで抑え続ける。

本来は他人の魔法を制御するなんてことは無茶もいいところだが、少しでも長くフェムが自身の魔法と向き合う時間を作るのが俺の役割だ。

「え、えっと……なんか……混ざってる……？」

「ま、混ざってる!?　何がだ!?」

「わ、分かんないけど……な、何か……二つが……」

魔力の奔流の中、小さく、だが確かに聞こえる声でフェムが呟いた。

本人も自分で言っていることを感覚的にしか理解できていないのか、随分と胡乱な表現だ。しかし、僅かでも何かを掴めているのなら初っ端の成果としては十分だ。

「ぐっ……！」

黒い球体が手の内側で俺の抑制に反発し、更に増幅しようとしてくる。

そろそろ限界だ。制御できる臨界点を超えてしまうとまたあの時みたいに大爆発を起こしてしまうかもしれない。

その前に、制御するための魔力を強める。

そして、一気に握り潰す。

瞬間的に最大の魔力を込めた手のひらで握りつぶした球体は黒い粒子となり、大気中に塵となって霧散していく。

それと同時に魔力の奔流が収まり、押さえつけていた腕にかかっていた負荷が消失した。

「っ……はぁ……、思ってた以上にきついな……これは……」

大きく息を吐いて身体を弛緩させると、全身から冷たい汗が一気に噴き出してくる。

「先生……大丈夫……？」

「ああ、大丈夫だ。心配ない……」

本当はかなりきつい。しかし、初っ端から無駄な心配をさせる必要はない。

しかし、本当にきついのは身体よりも……。

腕に装着した篭手に目をやる。

たった一度の使用で付与した魔法触媒が随分と消耗してしまっているのがはっきりと分かる。かなり奮発して作ったものだが、この調子だとそう何度も使える物ではない。

まだ予備の素材が残っているとはいえ、一度でかつての俺の生涯年収以上の資源が吹き飛ぶのは財政的にも良くない。

焦りは禁物だが、フェムにはなるべく早めにあの魔法を制御する術を身に着けてもらわないと如何《いか》に魔王一家といえども破産してしまうかもしれない。

「それじゃあ、一度休憩を挟むか」

フェムのローブの端を掴み、それが再び頭部をすっぽりと覆うように被せてやる。

「え？　あっ……」

フェムは今の今までいつも隠している顔が出ていたことを忘れていたかのような反応を見せる。

「それで……休憩がてら、また少し話でもするか」

「お話……？」

二人で近くにあった手頃な岩に腰を掛ける。

この子が魔法を制御するためには自分が使う魔法の理解以外に、もう一つ必要なことがある。

それは自分自身のことをもう少しだけ好きになってもらうことだ。

「……と言うわけでだな。まさかの柑橘類だったってことだ」

「ふふ、何それ……」

俺の冗談にフェムはくすくすと小さな笑い声をそのローブの内側から漏らす。

本題に入る前に、まずは他愛の無い話でその緊張を解していく。

しかし、こうして接しているとただの年頃の女の子にしか思えない。とてもではないが、あのとんでもない魔法を使うようには見えない。

そう考えた時、一陣の風が俺たちのいる場所をさっと通り過ぎた。

「っ――――！」

フェムは捲れそうになった頭部を包む布を慌てて両手で押さえた。

ローブがバタバタと音を立ててはためくが、その頭部が露出されることはなく、風はすぐに収まった。

もし露出していれば、また魔法が暴走していた可能性がある。それはまるで薄氷の上に立っているような状況、今まで大きな事故を起こさず生きてこられたのは本当に幸運だったとしか言いようがない。

「……顔を見られるのはそんなに恥ずかしいのか？」

ちょうど良いタイミングだと判断して、本題を切り出す。

魔法の制御と感情には強い相関があるとされている。顔を見られることが暴走のきっかけになっているということは、この子がそれだけ見た目に対して強い劣等感を持っていることになる。

その質問に対して、フェムは露骨に俺から視線を逸してから、ゆっくりと小さく首を縦に振った。

「そうか……」

隠すこともない可愛い顔をしていると思うけどな、という言葉が口から漏れそうになるが押し止める。それが原因で暴走されては洒落にならない。

「変……だから……」

フェムは微かに聞き取れるほどの小さな声でそう呟いた。

変という言葉が単なる美醜を指しているわけではなく、身体が透けていることを指しているのは流石に分かる。

確か、魔族の中でもかなり珍しい幽鬼種と呼ばれる種族の母親を持っていることは例の書類に書いてあった。そして身体が透けているのは幽鬼種の最も有名な特徴の一つだ。

本来はイスナの尻尾やサンの耳、フィーアの牙のように単なる種族的な特徴に過ぎないわけだが、元々の内向的な性格に加えて、自分と同じ特徴を持っている者が周囲に全くいなかったことが劣等感を抱くことになった原因だということは想像がつく。

しかし、ここにいることからも分かるように、自分の中にある制御不能な力をどうにかしたい、自分を変えたいという意識を持っていることも間違いないはずだ。

「実はな……俺も昔は自分のことが嫌いで嫌いで仕方なかったんだよな」

なら、俺から無理に変えようとすることはない。きっかけさえあれば、誰でも変わることはできるのだということを教えてやればいい。

「……そうなの？」

「ああ、憎んでたって言ってもいいくらいにな」

俺の場合は見た目ではなく、何もできない無力な子供でしかない自分が嫌で仕方なかった。

「……今は？　まだ嫌い？」

興味を引くことができたのか、珍しくフェムのほうからその話を掘り下げてくる。

「今は……まあまあだな」

ある程度の力は付けたと思っているが、それでもまだ満足しているとは言い難い。

「まあまあ……、じゃあ……嫌いなところもあるの……？」

「そうだな……、強いて挙げるなら……この毎朝ぐしゃぐしゃになりがちな癖のある毛はちょっと嫌いだな」

少し癖のある前髪を触りながらおどけるように答えると、フェムはくすくすと可愛らしい小さな笑い声を上げた。

「どうして……まあまあになれたの……？」

フェムがまた俺のほうを見ながら投げかけてきたそれは、否応なしに良い思い出と最悪の記憶が同時に思い出される質問だった。

呼吸を意識して、落ち着いてから良い思い出だけを想起する。

「それはな……そうさせてくれた人がいたんだよ」

絶望と憎悪の真っ只中にいた俺を救ってくれた少女を思い出す。

その笑顔はどれだけの時間が経っても色褪せることなく、すぐに思い出すことができる。

「どんな人……？」

「そうだな……、いつもニコニコと笑ってる奴だったな。それで、頼んでもないのにいつもしつこいくらいに付き纏ってくる」

今思えば、彼女からすれば放っておけないほどに昔の俺は荒んでいたということだったんだろう。

そして、結果として当初は疎ましいくらいに思っていた彼女が、今となっては俺の中で途方もないほどに大きな存在になっている。今の俺の人格はそのほとんどが彼女によって形成されたと言っても過言ではない。

「先生みたいに……？」

「ははっ、確かにそうかもな。教師って道を選んだのも、そいつが俺に向いてるって言ってくれたからだしな」

俺の目的に近づくための道は他にもあったかもしれないが、その中からこの道を選んだのは間違いなくあの時の言葉があったからだ。

そして、奇しくもそれは当初の道を閉ざされた俺にこうして新たな道を与えてくれた。まるでナルが今も俺を導いてくれているように。

「そうなんだ……」

「ああ、俺には人を変える力があるって言ってな。だからフェムにもそんな人が現れるといいな」

俺のその言葉に対して、フェムは何の返事もせずにただ黙っている。

当然、すぐに何かが変わるとは思っていない。少しでも何かが伝わってくれているのなら今はそれでいい。

「よし！　それじゃあ訓練に戻るぞ！」

座っていた岩から立ち上がってそう告げると、フェムも迷いはなさそうにすっと立ち上がった。

それを確認してから、篭手の紐をぎゅっと締め直した。

“ ”

「さて……今日はもう上がるか」

疲れからか息を大きく荒らげているフェムにそう告げる。

付きっきりの特訓を開始してから一週間があっという間に経過した。

しかし、魔法の制御に成果らしい成果はなく、完全に暗礁に乗り上げてしまっていると言って良い状況だった。

「……うん」

フェムが小さな声で返事をする。

顔はまた隠されているが、そこに暗い影が落ちていることは見なくても分かる。

「もう遅いし、部屋まで送ろうか」

日がほぼ落ちかけて辺りは薄暗くなっている。

何かに襲われたり迷ったりすることはないと思うが、何があるかは分からないので念には念を入れたほうがいいだろうと考えてそう提案する。

そして、気落ちしているような様子のフェムと二人で離れへの道を並んで歩く。

一刻も早くこの子をまた本館で暮らせるようにしてやりたいが、だからといって焦りは禁物だ。暗礁に乗り上げている状況でこそ落ち着いて進めるしかない。

そう考えながら更に歩を進めていると、いつの間にか隣からフェムの姿がなくなっていることに気がつく。

「あ、あれ？　おい、フェム？　どこに行った？」

薄暗い森の中をきょろきょろと見回すと、その全身をローブに包まれた姿はすぐに見つかった。

少し離れたところにある大きな樹の陰から顔だけを出して、何かを見ているようだ。

「おーい、どうしたんだ？」

その近くに駆け寄り、肩に手を置いて声をかけるが、フェムの視線はがっちりと固定されたように動かない。

「……何を見てるんだ？」

木に身体を隠しながら、フェムの上、縦に頭を二つ並べてその視線の先を確認する。

そこにいたのは――

暗闇の中でもよく映える真っ赤な髪の毛、腰に携えた二つある剣の片方に手をかけて気品を感じる立ち姿で佇む一人の女性がいた。

「アンナか……こんなところで何をしてるんだ?」

それは紛れもなくこの子たちの長女、アンナの姿だった。

アンナは薄暗闇の中で精神を統一するようにじっと目を瞑って佇んでいる。

俺の真下では、フェムは相変わらずその姿をじっと見据えている。

一体どんな感情を浮かべながら、姉の姿を見ているのだろうか……。

そう考えた直後、何の前触れもなく唐突に――

「ふっ!　はっ!」

アンナが凛々しい掛け声と共に、腰に携えた剣を目にも留まらぬ速さで振り抜いた。

森の中に微かに届く夕焼けを浴びて朱色に煌めく剣閃が奔り、赤い色を帯びている髪の毛が宙を舞う。

そして、その直後に彼女の周囲にあったその胴体と同じほどの太さを持つ数本の木が重い音を立てながら地面に沈んだ。

勇者学院ですらそうお目にかかれないほどの電光石火の剣閃。

しかも、ただ単に剣技で斬っただけではない。その剣には炎の魔力を込めていたのか、切り口が激しく燃えて薄暗闇の中に佇むその姿を明るくはっきりと照らしている。

「はわぁ～……」

フェムは明らかな憧憬の声を上げながら、その姿に見惚れている。

なるほど……そういうわけか……。

しかし、フェムがこんな反応を見せるのも無理はない。

まるで舞踊のような剣捌きは俺でさえ思わず見惚れそうになったほどに優美だった。その精悍に整った見た目も相まって、もしどこぞの学院の生徒であれば愛好会が出来ていたことだろう、それも女性会員が中心の。

アンナがその剣を堂に入った所作で鞘に仕舞うと同時に、燃え盛っていた炎が消失する。

そして再び、不気味な薄暗さに包まれた森の中でアンナの赤い髪は静かになびいている。

「よし……」

今の訓練に彼女なりの手応えを感じたのか、静寂の中で小さくそうつぶやかれた声がここまで届く。

そして、そのまま充足した表情を浮かべながら本館のある方向へと消えていった。

最後まで俺たちの視線に気づくことはなかったのか、それとも気づいた上で歯牙にもかけなかったのかは定かではないが、俺とフェムの二人だけがその場に残された。

「……かっこよかったな」

まだ長女の名残が残る場所を見ているフェムに向かって、その心境を代弁するように声をかける。

フェムはそれに対して、言葉ではなく小さな頷きを以って応じた。

「しかし、あいつ……いつもどこで何してるのかと思ったら、こんなところにいたのか……」

普段は授業中くらいしかまともにその姿を見せず、たまに話す機会があった時に訓練等々に誘ってみてものらりくらりと躱されるだけだったが、まさかこんなところで過ごしていたとは……。

「アンナお姉ちゃんは……一人で何でもできるから……」

少し寂しそうな声色でフェムがそう呟く。

それを聞いて、この子たち姉妹の関係性というものがまた一つ見えてきた気がする。

一番下のフェムにとっては、もっとも身近で、そして最も大きな憧れがアンナなんだろう。いや、もしかしたら他の子たちも皆同じように思っているのかもしれない。

故に無意識的にではあるが互いに遠ざけることになり、こうしていつも一人で訓練しているだろうとも考えられる。

「フェムもあんな風になりたいか？」

「なりたくても……私にはなれないから……」

斬り倒されたいくつもの木を見つめながら、フェムはまた物哀しそうに呟いた。

この年齢にして全てを諦めているかのようなその言葉からは、見た目から始まった強い劣等感が今やこの子の心を大きく蝕んでいることが分かる。

しかし、外から見ている俺の考えは全く違う。

「そうか？　俺はそう思わないけどな」

「無理だよ……、だって私は……鈍いし……剣なんて持ったこともないし……」

「いやいや、剣の腕だけが全てじゃないぞ。フェムだって、アンナみたいになれる可能性は十分にある」

自信なさげにおどおどと紡がれた言葉を即座に否定してやる。

今言った通りに剣の腕だけが全てではないし、それどころか下手をすればこの子は俺や他の誰をも上回る才能を秘めているとさえ俺は考えている。

自分自身のことには気づきづらいのかもしれないが、無自覚の才能というものに末恐ろしさを感じる。

「む、無理……私には……」

「そんなことはないぞ。知らないのか？　魔法を使えるってのは実はめちゃくちゃかっこいいんだぞ？」

「そ、そうなの……？」

「ああ、人間の学校ならそれだけで人気者だし、めちゃくちゃモテるからな」

困惑した様子を見せているフェムに対して一つ人間界の知識を教えてやる。

魔族の世界ではどうなのか知らないが、人間の世界にある平均的な学校であれば、第三位階の魔法くらいまで使えれば学年でも知らない者はいないほどの人気者になれる。

それだけ魔法の素養を持った者というのは珍しい。

「そうなんだ……。じゃあ先生もそうだったの……？」

「お、俺か？　俺は……まあまあ、だったかな……」

嘘をつきました。だって、俺が勤めていたあの学院だけは例外中の例外だから。

あそこの生徒はほぼ全員が魔法を行使することができるので、単純な実力に加えて家柄とかいうくそったれな要素が重要視される社会だった。

故に、平民の採用枠で特例中の特例として教師になった俺はいくら実力があっても慕われるどころか、白い目で見られることのほうが遥かに多かった。

その中でリリィだけが唯一と言っていい例外ではあったが、彼女もまた同じように特別枠によって入学してきた生徒なので俺とはウマがあったのだろう。

「まあまあ……、先生はなんでもまあまあだね」

久しぶりにあの綺麗な金色の髪を持った教え子のことを思い出していると、ローブで出来た影の向こう側からくすくすと小さな笑い声が聞こえてきた。

「ごほんっ！　と、とにかくだな……お前も頑張れば、これからどうにだってなれるってことだ！」

そう告げるがフェムからははっきりとした返事はなく、耳には森のどこからともなく聞こえる妙な虫の鳴き声だけが響く。

いつの間にか辺りは訓練を終えた時よりも更に暗い闇に包まれかけていた。

「それじゃあ帰るか。腹も減ったしな」

「……うん」

今度は短くそう答えたフェムを連れて、ロゼが作る夕食の待つ屋敷へと帰投した。

夕食をとり終えた俺は自室に戻って久しぶりの睡眠を甘受した……とはならずに今度は自室で山積みの文献と一人で向かい合う。

ロゼに言って集めてもらったのは古今東西、人魔両世界にある魔法に関する文献。

明るい時間帯はフェムと二人で魔法の制御を行うために訓練し、日が沈んでからはこうして一人で文献をひたすら読み進めるという二方向から解決策を模索する。

探すのはあの謎の魔法と、フェムの身体の半分を構成している幽鬼種に関する情報。

前者に関する都合の良い情報が見つかるとは思っていなかったが、後者に関しても珍しい種族であることは知っていたものの、文字に残されている情報すらほとんどないのは想定外だった。

身体が半透明である。

争い事をあまり好まない。

特定の共同体を作らずに単独で気の向くままに漂っている。

極稀に、人間界でその姿が目撃されることもある。

僅かに手に入る情報も既知か、もしくは有用とは言い難いものばかりだ。

それでも折れずに唸りながらひたすらに新しい文献を読み進めていると、何の前触れもなく勢い良く部屋の扉が開かれた。

「ダーリン！　一緒に寝ましょう！」

「こんな時間に誰かと思ったら……」

文献に視線を向けたまま、その声で判断する。

もう良い子は眠る時間、入室してきたのは未だに頭がおかしくなったままのイスナだった。

「悪いが、今はお前に構ってやってる時間はないぞ……」

「え～？　どうして～？　一緒に寝たいだけなのに～」

擦る足音と共に、イスナの甘えるような声がこちらへと近づいてくる。

本当に十七歳なのかと疑いたくなるような色気を感じさせる歩き姿。そして、机を挟んで俺の対面にある椅子のもとへと到達すると、豊満な胸を大きく揺らしながらそれに腰を下ろした。

「忙しいからだ……って、お前はまたそんな格好して……風邪を引くぞ？」

普段着ている服を更にだらしなくしたようなその格好は見ているだけで寒々しい。

「あら、平気よ。だって貴方への想いだけで、私の身体は芯から熱く燃えたぎっているもの……」

イスナは恥ずかしげもなくそんな言葉を口にする。

本当にこいつの身に一体何が起こってこうなってしまったのかは、未だに全く分からないし、少しでもいいからその羞恥心のなさをフェムに分けてやってほしい。

「何なら触ってみる？　火傷しそうなくらいに熱い……この身体……」

「……遠慮しとく」

熱を帯びた声と共に、その豊満な身体を机に乗り出してきたイスナにそう告げる。

今はそんなことをしている暇はない。いや、もちろん平時であっても教え子に手を出すようなことはしない。

「あら、そう……残念……と、冗談はさておいて」

冗談と言いつつ、その顔に少し残念そうな色を浮かべながらイスナが続ける。

「何か私にも手伝えることはないかしら？　それ、フェムのことについて調べてるんでしょ？」

「ん……まあ、そうだ……。でも手伝えることって言われてもな……」

視線は手に持った文献に向けながら少し考えるが、中々思い浮かばない。

「何でもいいから手伝いたいのよ。私だって……一応、あの子の姉だから……」

「お前……、ちゃんとお姉ちゃんなんだな」

今度は視線をしっかりと少し照れくさそうにしているイスナのほうへと向けて言う。

「な、何よそれ……どういうこと……？」

対してイスナはじとっとした目と少し納得いかないというような表情を向けてくる。

「いや、正直なところ……母親が違うってこともあって、もう少し冷めた関係なところがあるのかと思ってた」

思っていたことを正直に告げる。

人間の世界であれば王族の子、それも腹違いとなれば仲が良いどころか骨肉の争いを繰り広げるのが当然のようなところはあるからだ。

「そんなことないわよ。お母様が違っても、妹は妹よ。それに……こう見えて私って面倒見はいい方なのよ？　本当よ？」

その顔に心外だと言わんばかりの表情を浮かべながら言い返してくる。

そういえば、実は夢魔というのは情が深い種族だとこの子の母親も言っていたな……。

「それで、何かないの？　私にもできること」

「何か……ねぇ……」

そう言われてまた考えてみるが、やはりこれといった事柄は思い浮かばない。

魔法に関してはこの子もなかなかの術者ではあるが、それでもフェムのあれを相手取るには全く足りていない。下手に手を出させるようなことをすれば、余計な危険が及ぶだけだ。

そして、それは俺と一緒にあれを目の当たりにしたイスナ自身が一番よく分かっているはずだ。

それでも尚、自分が妹のためにできることがないかと思ってくれたのは微笑ましいことだが、やはり手伝わせるのは危険のほうが大きい。

「それじゃあ、そこの資料を取ってくれ。その端に積んであるやつだ」

イスナ側の机の端に積んである紙束を指差す。

「何よ、それだけ……？　まあいいけど……はい」

「後は気持ちだけで十分だ。お前には俺が見られない間のサンとフィーアの面倒も見てもらってるしな」

少し不満げにしながら紙束を渡してくれたイスナにそう告げる。

三ヶ月という短い期限がある上で、俺が見られない間に二人に魔法の基礎を教えてもらっているのは掛け値なしに非常にありがたい。

イスナがここまで俺に対して従順な性格に変貌してしまったことには未だに慣れないが、俺にとっては良い方向の変化以外の何物でもないのであまり深くは触れないでおくべきだろう。色んな意味で。

「ふふん、じゃあ見てなさいよ。貴方がフェムのことを片付けて戻ってくる頃には二人ともしっかりと魔法が使えるようにしといてあげるから」

「ああ、期待しとく」

そう言ってから再び視線を文字のほうへと落とす。

そして、互いの呼吸音と紙を捲る音だけが静かに響く時間が訪れた。イスナは一体何が楽しいのかは分からないが、文字を読んでいるだけの俺の顔を嬉しそうにただ眺めている。

それからまた文字と睨み合って数時間が経過した頃。対面からずっと聞こえていた吐息が少し変化していることに気がつく。

手にしていた本から目を離して顔を上げると、そこには机に突っ伏して安らかな寝息を立てているイスナの姿があった。

何か良い夢でも見ているのか、ニヤけているようなだらしのない寝顔を無防備に晒している。

「全く……」

読みかけの本を置いて立ち上がり、その側へと歩み寄る。

「むにゃむにゃ……もっと強く噛んで……歯型が一生残るくらいに……うぇへへ……」

幸せそうに寝言を漏らしているそれに起こさないように気をつけながら、薄い寝間着だけに身を包んで見るからに寒そうなその身体に布をかけてやる。

しかし、どんな物騒な夢を見てやがるんだ……こいつは……。なんだよ歯型って……。

大人しく言うことを聞いてくれるようになったのは有り難いが、今度はまた別の意味で厄介な子になってしまった気もする。

「ふぅ……さて、もうひと頑張りするか……って、おっと……」

一息ついてから元の椅子に戻ろうとした時に、机の上に積んであった紙束に手が当たって床に散らばらせてしまう。

幸いにも大きな音は立たなかったので気持ちよさそうに寝ているイスナを起こすことにこそならなかったが、床に紙片がかなり散らばってしまった。

「かなり疲れてるな……」

手で両まぶたを押さえる。

杖の製作を始めて以降、ほとんど寝ていないので流石に身体に疲労がかなり蓄積しているのが自分でも分かる。

今のような不注意を訓練中にもやらかさないように、休息もしっかりと取らないとな……。

そう自戒しながら床に散らばった紙片を集めていると、ある纏まった書類がふと目に入った。

その表紙には大きな文字で『幽鬼種と正負の魔素、そして世界の終末は近い』と書かれていた。

確かに表題はロゼに集めてもらうように指定した条件に一致しているが、まさかこんな怪しい物まであるとは思わなかった。

「アストラ・ハシュテット……？」

何となく気になったそれを手に取って著者の名前を確認するが、当然のように初めて目にする名前だった。

表題を一目見ただけで分かる胡散臭いトンデモ論文のようだが、なぜだか妙に惹かれるものがある。

こんなものにも縋らなければいけないほどの状況かと心の中で自嘲しながら、それを拾い上げて元の場所へと戻る。そして、少しの気分転換も兼ねてその論文に目を通していく。

「ん……、これは……」

馬鹿にするような気分で手にとったはずのそれを見る目がどんどん進んでいく。

それには予想していた物とは全く違う、他の文献にはなかった独自の切り口から幽鬼種という種族について調査した興味深い内容が記されていた。

その中でも特に気になったのは、幽鬼種が魔法を行使する際には俺たち人間や他の魔族が使っている魔素とは全く違う魔素を用いている可能性についてが記されている一節だった。

俺たちが普段使っている魔素を正の魔素とするなら、それは負の魔素とでも言うべき存在である。

俺たちの世界と重なるように存在している認知できないもう一つの世界『幽界』があり、そこは負の魔素で満ちている。

幽鬼種が半透明なのは位相のズレに拠るもので、その身体の半分は幽界に存在している。

そこに書かれていたのは全て、論拠と呼べるようなものはほとんど記載されていない限りなく胡散臭い仮説だ。

だが、そう思いながらも、そこに書かれている内容とフェムの言葉が少し重なった。

「確か……二つ混ざってる……とか言ってたよな……」

あの胡乱な言葉を思い出しながら、更にそれを読み進めていく。

フェムが言っていたそれが、ここで論じられている正と負の魔素とやらのことを指しているのではないかという疑念が頭の中で徐々に肥大化していく。

幽鬼種の血を半分だけ持っているフェムは、通常の幽鬼種と比べて少しこちらの世界寄りである故に、両方の世界にある魔素を混合した魔法を使うことができる。

だが母親を初めとした純粋な幽鬼種たちは純度百パーセントの負の魔素だけを使用していた。故に半分だけ幽鬼種であるフェムの魔法については、これまで誰にも分からなかったのではないだろうか。

そんな仮説が頭で膨らんでいく。

トンデモ論文に感化されて自分でも妙なことを考えているとは思うが、この際試せるものは何でも試しておくべきかもしれない。

「もう少し、こいつの文献を漁ってみるか……」

藁にも縋る気分でそう考え、用意してもらった文献の山からこの著者の物を探していく。

そして、結局その日も一睡することなく朝を迎えることになった。

「よし！　今日もやるぞ！」

いつものように篭手を装着してフェムと向き合う。

そして、またこれまでと同じことを繰り返していくが、成果というような成果は今日も出て来てくれない。

フェムが魔法をほんの少しでも制御できているような様子は一切なく、篭手に付与された魔法触媒と体力だけが日に日に消耗していくばかりだ。

方法が間違っているのかという疑念も生まれてくるが、他に方法がない以上はこの方法を推し進めるしかない。

「まだいけそうか？」

合間にそう問いかけると、フェムは一拍ほどの間を空けてから緩慢に頷いた。

しかし全く先に進めていないことに精神的なストレスを覚えているのか、今日はいつにも増してその頭部の角度はうつむき気味になっている。

焦りは禁物だが、停滞も同じように大きな問題だ。

余計な情報を入れる危険性もあるが、こうなってはそうも言っていられない。

「それなら次に行く前に……これを読んでもらってもいいか？」

服の中に入れておいたあの論文を分かりやすくまとめ直した自作の資料を取り出してフェムに手渡す。

元の資料は節の終わりが全て『故に世界の終末は近い』で締められている胡散臭いことこの上ない論文だったが、今は縋れるものがあれしかないのも事実だ。

受け取ったフェムはすぐにそれに目を通し始め、読書慣れしているからか一時間もかからないうちに読み終えた。

「……どうだ？　何か参考になりそうなことはあったか？」

フェムは俺の質問に対して返事はせずに、何かを考え込むようにじっと顔を伏せたまま逡巡しているような様子を見せている。

そして、鳥らしきものの鳴き声や木々のさざめきだけが聞こえる静寂が数十秒程続いた後。

「もう一回……試してみる……」

そう言うと、座っていた岩の上からゆっくりと立ち上がり始める。

もしかするとあの論文の中に何か掴めるものがあったのだろうか、その顔は先ほどよりも少しだけ上を向いている。

それに続いて俺も立ち上がり、篭手の紐を締めようとした時――

鼓膜を突き刺すような甲高い音が鳴り響き、周囲の大気が蠢き始めた。

それは紛れもなく、あの魔法が発現した時に起こる現象。

まさか遂に何の前触れもなく暴走したのかと思い、慌ててフェムのほうへと視線を移す。

しかし、そこにあったのは想像していたものとは全く別の光景だった。

「んっ……」

奔流の中心、苦悶の声を上げながら突き出されたフェムの両手のひらの前方に小さな黒い球体が生まれていた。

小刻みに震える小さな身体。その前方にある豆粒ほどの小さな球体も同じように不安定に震えている。

それは暴走している時とは全く違う光景だった。

「も、もう……無理……」

そして、フェムが苦しそうにそう呟いた直後――

球体は細かい粒子となって大気中に霧散、消失していった。

フェムはその場にペタンとへたり込み、まるで全力疾走した後のように肩を大きく上下させながら呼吸をしている。

「す……」

「……す？」

「すごいじゃないか！　できたじゃないか！　今、どうやったんだ⁉」

呆然と見ていることしかできなかったが、完璧ではないにせよ今フェムは間違いなくあの魔法を自力で発現させてみせた。

「そ、その……右手と左手で……」

「右手と左手で!?　どうしたんだ!?」

「ふぇっ……！　近い、先生近いって……」

「え？　あ……す、すまん！」

気がつくと眼の前にローブに包まれたフェムの頭部があった。

興奮しすぎて悪い癖が出てしまった。

「えっと……右手と左手で……別の魔素を扱うように意識したら……できた……みたい……？」

自分でもまだ実感の無さそうな戸惑うような口調でそう言うフェム。

しかし、間違いなくできていたということは俺がこの目でしっかりと確認した。

「別の魔素……ってことはつまり本当に二種類の魔素があるってことなのか!?　別の世界から持ってきたのか!?　どんな感覚なんだ!?　もう一回できるか!?　というか最初からちゃんと見せてくれないか!?」

「え、えと……わっ！　せ、先生……また、近い……」

「え？　わっ！　す、すまん！」

気がついたらまた目の前にフェムがいたので、慌ててその場から跳ねるように退く。

未知との思わぬ遭遇に、自分でもわけが分からないくらいに興奮してしまっている。

「えっと……まだよく分からないんだけど……あれに書いてたことを意識してみたら……」

フェムが自分の抱いている所感を、じっくりと、区切るように話し始める。

「自分が……その……何か……ぽわぽわ〜ってしたものに……包まれてる感覚に気づいて……」

「ぽわぽわ……？　それで？　それをどうしたんだ？」

抽象的すぎる言葉だが、それはきっと本人にしか分からない感覚だと思うので今のところは深く突っ込まないでおこう。

「その……普通の魔素を右手から……そのぽわぽわを左手からって意識したら……できちゃった……」

「なるほど……できちゃったのか……」

「うん、できちゃった」

普段は口数少ないフェムの一生分は話したかのような説明。その名状しがたいぽわぽわというのが本当に負の魔素だとすれば、あの論文の内容は全て正しかったということになる。

アストラ・ハシュテット。どこの誰かは知らないが、胡散臭いトンデモ論文だと思って悪かった。

心の中で、あの論文を書いた見知らぬ研究者に謝罪する。

「消えたってことは……今のは普通の魔素かそのぽわぽわ～ってやつの供給が足りなかったってことか……？　それとも両方のバランスが大事なのか……？」

「そ、そこまでは……まだ……」

「まあ、そうだよな……。こればかりは地道に試していくしかないな……」

しかし、暗闇の中を当てもなく模索しているような状態から、まだ小さいが突破口らしきものが見えたというのは大きい。

そのおかげか、先程までと比べてフェムの頭部の位置も更に高くなっている。

そして、俺も先刻まで感じていた心身両方の疲れがいつの間にか吹き飛んでしまった。

「俺もその感覚が分かれば良かったんだけど、これぱっかりはな……」

「説明が下手でごめんなさい……」

フェムがしゅんとして、せっかく上がっていた頭がまた下がる。

「いや、謝ることはないぞ。それに、俺が全く分からないってことは逆に言えば、完成すればそれはお前だけの魔法になるってことだぞ」

「私だけの……？」

「ああ、そうだ。サンにもフィーアにも、イスナにもできない。いやそれどころかアンナにだってできないことが、自分にだけできるようになるかもしれないって考えるとワクワクしてこないか？」

ローブ越しにその顔をしっかりと見ながらそう教えてやる。

あまり話の規模を大きくしすぎると萎縮してしまうので身近な例を出したが、もしかしたらそれは俺ですら、いや世界にいるどんな大魔道士でさえできないかもしれないことだ。

「お姉ちゃんたちにもできない……私だけの……」

自分だけのという響きが気に入ったのか、フェムは僅かに喜びに震えるような声を上げた。

良い兆候だ。あの魔法がこの子の出自に密接に結びついているとすれば、それを制御し、自分だけの武器に変えることができれば、それがそのまま劣等感の解消に繋がることになるかもしれない。

「だから、まずはもっと訓練して使えるようにならないとな」

まだ完全な制御には程遠い、過信は禁物だ。これだけでいい気になりすぎないように釘を刺して、自分の気も引き締めるように篭手の紐を締め直す。

「……うん！」

そして、布に包まれた陰の向こう側から、これまでで一番気持ちの良い返事が返ってきた。


それからは暴走した魔法を抑える訓練と、二種類の魔素を組み合わせて自力で魔法を構築する訓練をただひたすら繰り返した。

少しずつではあるが前進していく中で、この魔法を制御するには精神面の強さが最も大事だということが分かった。

通常の魔法においても安定した精神というのは重要な要素ではあるが、この魔法はその比ではなく、完璧な配分で正負両方の魔素を練り上げるには、まさにどんな状況でも乱れることのない明鏡止水の心が必要になる。

だから、上手くいった時はこれでもかというくらい褒めて、失敗した時も落ち込みすぎないように励ます。時には、何気ない談笑を通じてフェムが自分のことを好きになれるようにその自己肯定感を高めていった。

そして、あっという間に時は流れ、フェムが魔法の制御をある程度できるようになった頃――


「よし、今日は最初から最後まで全部一人でやってみるか」

いつもの訓練場所にやってきたフェムに対してそう告げる。

「ひ、一人で……？」

「ああ、そうだ。一応、万一のことには備えておくが、基本的には見てるだけだと考えてくれていい」

「一人で……」

「まだ怖いか……？」

少し神妙に顔を伏せているフェムに対して尋ねる。

顔を上げたフェムは、あの魔法を初めて暴走させた時とは全く異なる、自信に満ち溢れた口調ではっきりとそう言った。

「ううん、やってみる」

まだ少し引っ込み思案なところはあるが、当初と比べたらその心持ちは別人と言っていいほどのものになっている。

「よく言った。じゃあ早速準備をするぞ」

そう言ってあの場所、あの時フェムが初めてその魔法を暴走させたこの子のお気に入りの樹が生えていた場所へと移動する。

今はその名残はほとんど何も残っていない更地と化しているが、この子にとっては色々な意味で思い出深い場所となっていることだろう。

「いいか、フェム。何度も言うが大事なのは心構えだぞ」

単独での制御に挑む前に、フェムと向かい合い、目線の高さを合わせて改めて助言を送る。

「心構え……うん……」

「自分は世界一の魔法使いだと思うんだ」

それは学院時代に魔法を教える際にも使っていたリラックスさせるための半ば冗談交じり文句。

しかし、この子に限っては冗談ではなく、本当にそうなれる資質を有している。

「世界一……私は世界一の魔法使い……」

「ああ、そうだ。じゃあ、やってみろ」

自分に言い聞かせるようにその言葉を繰り返しているフェムの肩を軽く叩いて送り出す。

「うん……」

因縁の場所に立って、フェムが深呼吸をする。

そして、ゆっくりとその両手を突き出されると、その前方に小さな漆黒の球体が現れた。

甲高い音と魔力の奔流を伴う球体は、フェムの身体から送り込まれる魔素を取り込んで、徐々にその大きさを増していく。

目標は握り拳ほどの大きさに留めること。その大きさが今のフェムが制御できるギリギリの大きさで、それ以上大きくすると現状では制御が間に合わずに暴走してしまう。

もし暴走した時のことに備えて、篭手をしっかりと装着していることを確認する。

あれだけ付与したはずの魔法触媒はもう随分と消耗してしまって、そろそろ杖としては使い物にならなくなってしまいそうだ。金額分は優に働いてくれたが、追加分が必要になるかどうかはフェム次第だ。

「ん……んんっ……」

フェムは可愛らしい声で唸りながら、左右の手から異なる種類の魔素を放出して魔法の制御を行っている。

左手から出ているらしい負の魔素とやらは俺には全く感知できないが、今やその存在を疑う余地はない。フェム自身も以前と比べて、遥かにその存在を知覚できるようになったとも言っている。

しかし、元々魔法の才能はあったのだろうが、この成長速度は末恐ろしいと言わざるを得ない。

そんなことを考えていると、練り上げられた漆黒の球体が最適な大きさになり、その脈動をピタリと止める。

後はこの状態を保持するだけだが、本人曰くそれが一番難しいらしい。

魔素の供給が過剰になると暴走し、逆に足りなかったり、正負の配分が崩れると霧散する。

これまでも何度かここまでは来られたが、最後の最後で体力と集中力が保たなかった。

しかし、今日のフェムはこれまでにないほどに集中できている。

隣にいる俺やその他のことには一切気を取られず、目の前にある自分の魔法以外にその意識は割かれていない。

だから俺からは余計な声かけはせずに、暴走した時に即座に介入できる準備だけをして、ただ見守る。

「ふぅ……んっ……」

十秒、二十秒と暴走させる気配を見せずに、漆黒の球体は耳をつんざくような高音を発しながら、これまでにないほどの安定を見せている。

更に三十秒……、そして一分が経過しても、暴走や霧散の気配は一切無い。

それは単独での制御に成功したという証。

フェムが少し苦しそうに俺の顔を一瞥してくる。

それに対して、よくやったという意を込めた頷きを返す。

そして、山ではなく……その更に上方を指差す。

一瞬の逡巡の後にフェムは俺の意図を理解してくれたのか、それに対して小さく頷き返してくれた。

フェムの小さな両手が厚い雲に覆われて陰気な空へと向けられると、球体もその動きに追従していく。

そして、天を包む厚い雲へと狙いが定められる。

フェムが大きく深呼吸をする。そして――

「えいっ!!」

本人比でかなり力強い掛け声と共に、漆黒の球体が弾かれるように空へと向かって射出された。その反動でフェムの身体が大きく後ろに仰け反ったのを支えてやる。

風切り音を伴い飛翔したそれは、あっという間に雲の中へと消えた。

そして――

強烈な閃光、それに続いて大きな爆発音が辺りを包み込んだ。

それから一拍遅れて爆風が空から俺たちの立っている場所へと届き、髪と服を激しくなびかせる。

その風圧で隣に立つフェムのローブも吹かれて、隠されていた顔があの時と同じように露わになった。

しかし、フェムはそれを全く気にするような素振りも見せずに、まるで全ての負の感情を今の魔法に込めて発散させたかのような清々しさを感じる表情で空を眺めている。

「え!?　な、何!?　敵か!?」

「きゃあっ！　な、何ですか～!?」

三人が訓練していると思われる広場の方向から、サンとフィーアが慌てふためく声が風に乗って届いてくる。

少し悪戯心が過ぎたかもしれないと思いながら、視線をフェムから空へと移す。

曇り空に開いた綺麗な真円状の大穴。そこから暖かい陽光が俺たちのいる場所へと向かって射し込まれてくる。

「ん～～！　今、最高の気分じゃないか？」

心地の良い暖かさを全身に感じながら大きく伸びをして、隣にいるフェムに問いかける。

再び視線をその方向へと向けると、そこには返事の代わりに、射し込んできている陽光にも負けないほどの晴れ晴れとした笑顔を浮かべているフェムの姿があった。

フェムが魔法の制御に成功してから三日後の朝。

睡眠不足が限界を迎えて、歩行することすら困難になっている足に鞭を打って朝の訓練を行うために広場へと向かう。

到着すると既にイスナとサン、フィーアが揃っていて、三人して何かを囲むように輪のようになっていた。

何をしてるんだ……。そう考えて、重たい瞼を擦ってからよく見てみると、輪の中心にローブで全身を包んだ小さな少女の姿があることに気がついた。

「おーい、何やってんだー?」

少し大きめの声でそう言いながら、四人のもとへと近寄る。

「あっ、フレイじゃん。おはよー」

「おう、おはよう。皆で集まって何をしてるんだ?」

「あっ、先生。おはようございます。今、皆でフェムちゃんの魔法を見せてもらってたんです。わっ! ほら! 見てください! すごいです!」

「フェムの魔法……?」

更に近寄ってその様子を確認する。

輪の中心にいるフェムはその手と指先を使って、文字通り魔法で遊んでいた。

「数字に、図形に、あっ！　これはお犬さんです！」

あの黒い魔素の塊が分裂、変形し、様々な記号や物へとその形状を変えている。

「すごいな……もうここまでできるようになったのか……」

「ほんと……ものすごく緻密な制御……」

姉妹の中では魔法の実力に秀でていたイスナでさえ、それを見て感嘆の声を漏らしている。

魔素を使ってこういう手遊びをする魔法使いは稀に見るが、初めて単独での制御に成功してからたったの数日でここまで上達するのは最早天才という言葉ですら足りないほどの才能かもしれない。

少し寂しいが魔法に関しては俺が教えることはもうないんじゃないかと思うほどだ。

そしてフェム自身は相変わらず頭部をすっぽりと布で覆っているが、その向こう側からはこれまでとは全く違う自信に満ちた雰囲気が溢れ出ている。

「よし、そんなフェムに今日は修了祝いの贈り物だ」

「贈り物？　もしかして、その変な棒が？」

「変なとは何だ、変なとは」

「だって変じゃん、なんか妙にゴテゴテしてるし……」

フェムより先に反応したサンが、俺の腕に抱えられた物を見て怪訝な表情を向けてくる。

「何なの、それ？　妙な形ね……。でも叩かれると痛そうで……あっ、いいかも……」

「真っ黒……チョコレートですか……？」

イスナとフィーアもそれが何なのか分からないのか、それぞれ自分の好みからそのまま想起したような言葉を口にしている。

そんな中でフェムだけがそれを見て、わなわなと感動に打ち震えているのがはっきりと分かった。

「そ、それ……それは……」

「おっ、流石にフェムは分かってくれたか。ほら、魔法工程の修了記念。お前の杖だ」

その棒、もとい杖を両手で持ち、証書を渡すようにフェムに贈る。

自分の身長に近い大きさのそれを手に取ったフェムは更に強い感動を覚えてくれたのか、頭部を包む布の向こう側で目を爛々と輝かしているのがはっきりと分かる。

杖の形状はその用途や使用者によって様々だ。

俺がフェムの魔法を無理やり外的に制御する際に使った杖は、それを掌握するイメージを持ちやすくするために篭手という形を選択した。

ならフェムとフェムの魔法にとって最も適した杖の形は何だろうかと考えた時、すぐにそれが思い浮かんだ。

「こ、これ……二巻で初登場してからずっと出てる……」

「ああ、その通りだ。お前なら分かってくれると信じてたぞ。不眠不休で作った甲斐があるってもんだ」

フェムがわなわなと打ち震えながら手にしている持ち手の付いた黒く長い棒状の杖。

それは俺とフェムが愛読している小説『アーステラ物語』、その作中では『狙撃銃』と名前で呼ばれている後方支援用の武器だ。

作中の表現では持ち手についた引き金を引くと、金属の塊が高速で飛んでいくという武器だが、これは古龍の牙を基礎にその形に加工して、各種魔法触媒を付与しただけのものなので当然、内部の機構までは再現していない。

しかし、その見た目に関しては挿絵及び作中の描写と三日三晩不眠で向き合っただけあって中々の出来栄えを自負している。

その証拠に、受け取ったフェムはまるで小さな子どもが玩具にそうするかのように、愛おしそうにそれを抱いている。

「いいな～、フェムばっかり～」

「サンも一端の何かを身に着けたら、その時は何か作ってやるから頑張るんだな」

高額素材を大量に追加注文した時に、ロゼが若干苦々しい顔をしていたのが少し気がかりだが……大丈夫だろう、多分……。

「体術は結構できるようになってない？」

「まだまだだ。せめて俺から一本取れるくらいにはならないとな」

「え～……そんなの無理だよ～……」

「ねえねえ、フェムちゃん。早速使って見せてくれませんか？」

不貞腐れるサンを尻目に、それをどう使うのか気になったのかフィーアがフェムに催促する。

それを受けて、フェムは小さく頷いて了承の意を示した。

体力が限界を迎え、立っていることすら精一杯な俺は近くにあった木製の長椅子に腰掛けてその様子を眺めることにした。

フェムはまるで何度もそうしたことがあるかのような堂に入った所作で、その独特な形状の杖を構えて、離れたところにある一本の木に狙いを定めた。

俺を含む四人分の視線と緊張がフェムへと集中するが、本人はそれを意に介さずに魔法の行使へと集中する。

あの魔法が行使される前の予兆が現れ、その直後に構えられた杖の先端から小さな黒い球体が発射された。

一発、二発、三発と立て続けに発射される度にフェムの身体が杖を中心にその反動で跳ね上がる。

そして、目にも留まらぬ速さで飛翔したそれは目標の木に全て命中、炸裂し、木は当たった場所を中心に粉々に砕け散った。

「すごーい！　フェムちゃん、すごいです！」

「か、かっこいい……フェムなのに……」

まるでフェムがアンナを見ていた時のような視線を向けながら素直に歓声を上げているフィーアとサン。

「な、なかなかやるわね……」

その実力を認める言葉を口にしながらも一番下の妹に得意の魔法で上を行かれたことに対して微妙に複雑そうな表情をしているイスナ。

「むふー……」

そして、三者三様の畏敬を受けながら自慢げに杖を抱えるフェム。

その様子を見て、もう暴走の心配は無さそうだと安堵すると急激な眠気が襲ってきた。

これからの訓練や授業の準備などが頭を過ぎるが、これは少し抗えそうに――


〝〟


「フレイー！　何やってんのー！　って……あれ？　もしかして寝ちゃってる？」

フェムの実演を終えて、サンはフレイに向かって手を振りながら呼びかけるが返事はない。

そして、彼が長椅子にもたれかかったまま心地の良い寝息を立てていることに気がついた。

「寝てる!?　無防備!?　もしかしてまさぐり放題!?」

それを聞いたイスナが目を怪しく煌めかせて、手をわきわきと動かす。

「イ、イスナ姉さん……それはちょっと……」

「じょ、冗談よ……。はあ……でも無防備な姿も素敵……神が宿ってるわ……いえ、神そのものね……」

「あはは……。でも先生、ずっと頑張ってたみたいですから……今日はゆっくりとお休みしてもらって、私たちだけでやりましょう」

「ちぇ～っ、久しぶりにフレイと組み手ができると思ったんだけどな～」

三人が三者三様の視線で穏やかな寝息を立てているフレイを見る中、フェムは杖を抱きかかえたまま、辿々しい足取りでフレイのもとへと近寄る。

「先生、ありがと……」

そして、彼の真正面に立つとその小さな口から感謝の言葉を紡いだ。

「私……ずっと自分のこと、嫌いだったけど……先生のおかげで……今日……まあまあ好きになれたかも……えへへ……」

フェムは他の姉妹には聞こえないほどの、眠っているフレイだけに聞こえる大きさの声で照れくさそうにそう言った。

そして、新しくできた憧れの人から貰った杖を更に強く抱きしめる。

「フェムー！　何してるのー？　やるわよー！」

朝練の準備を始めたイスナがフェムの背中に呼びかける。

「うん！　今行く！」

フェムは振り返り、普段よりも大きな声で返事をする。

そして、自分の頭部を覆っている布を取り払うと、満面の笑顔を浮かべながら姉たちのもとへと駆け寄って行った。

《了》

あとがき

このたびは拙作『魔王令嬢の教育係』をお手にとっていただいてありがとうございます。

本作で商業デビューすることになった新人作家の新人《あらたじん》と申します。

覚えやすい名前だと思うので、是非この機会に覚えていただければ幸いです。


さて、あとがきとして約二ページ分の紙幅を頂いたので、本作がこうして本という形になるまでの自分の心境に纏わる話でもさせていただければと思います。

まず、本作は昨年末より『小説家になろう』様に投稿を始めた作品が原型となっています。

Ｗｅｂでの連載を始めた当初は、まさかそれがこうして書籍という形となって世に出る事になるとは微塵も考えていなかったので、受賞の知らせを頂いた時は全く実感が湧かずに、喜びよりも先に大きな当惑の感情を抱いた事を今もはっきりと覚えています。

受賞の知らせから少し時間を置いて、本作を書籍としての形にするための打ち合わせが行われていく事になりましたが、その間もずっと「え？　ほんまに書籍化されるん？」と毎日考えていました。

それから、半年前に書いた自分の文章と向き合わされて、頭を抱えながら改稿作業している間も。

編集さんからのメールの返信をソワソワしながら待っている間も。

締め切りが迫っているのにサボってゲームをしていた間も。

長い間、自分の書いた物語が書籍となって世に出回るという事に関して、なかなか実感が持てずにいました。

そんな中、ようやく一つの大きな実感を得る事になったのは、本作のイラストレーターを担当して頂いている巻羊先生から主要キャラクターたちのラフ画が届いた時でした。

物語の核として創造した登場人物たちが、細部に至るまで創意溢れるデザインで再構成されたそれを見た時に初めて、「ああ、本当に本になるんだ」と実感ゲージがグングンと伸びていくのを感じました。

それからも、表紙のラフ画が届いたり、赤ペンが大量に入った原稿が返ってきたり、挿絵のラフ画が届いたりする度に、実感ゲージはグングンと高まっていきました。

そして今、「あとがき　書き方」とググりながら、本文よりも苦労しながら書いているこのあとがきを皆様が読んでいる頃には、実際に全国の書店に本書が並んでいる事でしょう。

その時は西日本のどこかで、更なる実感を得る為に書店の棚に並んでいる本書を眺めてニヤついている人物の姿を目撃する事が出来るかもしれませんが、どうか優しく見守ってやってください。

最後になりますが、右も左も分からなかった自分に非常に丁寧な対応をしてくださった編集のH氏、イラストを担当してくださった巻羊先生、本書が出版されるまでの様々な工程に関わってくださった皆様、Ｗｅｂ連載から応援してくださっている皆様、そして本書を手にとってくださった皆様に改めて最大級の感謝を申し上げます。本当にありがとうございました。

新人

ARATA
illu めばる
カプセルデザイン／るうている
現実世界に現れたガチャに
給料全部つぎ込んだら
引くほど無双に
「小説家になろう」
日間 週間 月間
四半期 年間
1位
1回1万円のガチャ、
出てきたのは……？
©ARATA

叛逆のヴァロウ
Vallow of Rebellion
by Nobeno Masayuki
野正行
カルキ
上級貴族に謀殺された軍師は魔王の副官に転生し、復讐を誓う
「小説家になろう」発
最強軍師による
ファンタジー戦記！
この戦い…
すべて俺の
手の平の上だ!!
©NOBENO MASAYUKI

呼び出した
Yobidashita Shokanjyu Ga
召喚獣が
Tsuyosugiru Ken
強すぎる件
Written by しのこ
Illustration by 茶円ちゃあ
召喚《サモン》したのは
最強の相棒!!
レア召喚獣と始めるVRライフ！
絆の力で世界を駆け抜けろ！
第1位
「小説家になろう」
VRジャンル 四半期ランキング
(2018年11月7日付)
©Shinoko

魔王令嬢の教育係1
～勇者学院を追放された平民教師は魔王の娘たちの家庭教師となる～

発行
2020年8月12日 初版第一刷発行

著者
新人

発行人
長谷川　洋

発行・発売
株式会社一二三書房
〒101-0003　東京都千代田区一ツ橋2-4-3 光文恒産ビル
03-3265-1881

デザイン
okubo

印刷
中央精版印刷株式会社

作品の感想、ファンレターをお待ちしております。

〒101-0003　東京都千代田区一ツ橋2-4-3 光文恒産ビル
株式会社一二三書房
新人 先生／巻羊 先生

Printed in japan, ISBN 978-4-89199-657-4

※本書は小説投稿サイト「小説家になろう」（http://syosetu.com/）に
掲載された作品を加筆修正し書籍化したものです。